恋愛独占法

renaidokusenhou

目を閉じてそう呟く黒髪に、何とはなしに指先を埋めて掻き回す。

「やめちゃうの？　俺、バスケやってるカズシ、すごく好きなのに。かっこよくて」

恋《れん》愛《あい》独《どく》占《せん》法《ほう》

桐《きり》嶋《しま》リッカ

ILLUSTRATION
元《もと》ハルヒラ

CONTENTS

恋愛独占法

恋愛独占法

1

好きだ、と。

生まれて初めて告白された。

それも男に、しかも二人同時――。

そのうえどっちもが親友って、この状況。

（あんまないよねぇ、フツウ……）


終業式を来週末に控えた、三月の月曜日。

人気《ひとけ》のない放課後の教室にて、このうえなく真剣な面持ちでこちらを見つめる友人たちに対し、筧《かけい》仁射那《にいな》はスローモーに瞬《まばた》きをしながら緩く首を傾げた。

「それって、まじで言ってる？」

色素の薄い髪がさらりと流れて、薄茶色のアーモンドアイが露《あらわ》になる。

瞬きのたびに揃った睫《まつげ》を上下させながら、仁射那は小作りの顔に戸惑いと、疑問とをありありと浮かべた。

取り立てて美形というほどの端整さはないが、全体的に可愛らしい面立ちはそんなふうに首を傾げていると、まるで小動物のような雰囲気を醸し出す。

「好きって、恋愛感情でってことだよね？」

こちらの確認に真っ先に頷《うなず》いたのが、前列の机にだらしなく腰かけた黒髪の男。

葉山和史《はやまかずし》――。在籍するバスケ部では、一年にしてレギュラー定着間近と言われているとかいないとか。運動神経のよさでは定評があるらしく、ほかの部からも未だに勧誘の声がかかるのだという。

淡い灰色地の制服に包まれた体躯《たいく》は一見細く見えるが、着痩せして見えるタチだということを仁射那はよく知っている。ホックを外した学ランの合わせから、ボタンの開いたシャツを覗かせながら、無言のまま何かを見透かすようにこちらを見つめてくる切れ長の眼差し。

周囲によれば顔立ちが淡白なうえ、感情が表情に出ないため近よりがたい雰囲気を常に発しているという和史なのだが、仁射那自身はそういった空気を感じたことはない。それよりも思ったことをそのまま口にする傾向があるので、女子にはデリカシーのなさから敬遠されているという噂も聞くのだが、そのわりには彼女を切らしたところを見たことがないという……。

「あ、でもカズシ、彼女いたよね？」

「一昨日別れた」

「そーなん、だ……？」

毛先の跳ねた重ための髪を掻き上げながら、和史が鋭い眼差しをさらに眇《すが》めてみせる。

（ていうかカズシ、なんか怒ってる……？）

やけに尖《とが》った視線を一身に浴びながら、もう一度首を傾げたところで、

「言っとくけど、俺も恋愛感情でだよ」

通路を挟んで左手の前列に腰かけていた茶髪が、にっこりと笑いながら脚を組み替えた。

宮前歩《みやまえあゆむ》――。柔和な笑顔がよく似合う、優しい面立ちの彼の名前を校内で知らない者は恐らくいないはず。生徒会書記補佐を務める彼は、文武両道でも名がとおっている。

全体的に甘い雰囲気の持ち主で、イメージに違わぬ物腰やフェミニストな言動に心酔する女子は多い。口がうまいうえに頭の回転が速く、彼の巧みな話術にかかれば敵愾心《てきがいしん》を抱いていたはずの男子も、気難しいことで有名な教師すらもいつの間にか丸め込まれていたりするのだから、性格の方はなかなか油断がならない。とはいえ、彼の内面をそこまで知る者もそういないのだが。

「てゆうかカズシはともかく、アユもまじで俺のこと好きなわけ？」

和史とは対照的に、規則どおり制服を着こなした歩が、こちらの台詞《せりふ》にすかさず待ったをかける。

「ちょっと。いまのは聞き捨てならないな、なんでカズシはともかくなの？」

「だって、人を謀《たばか》るのがアユの趣味じゃん」

真顔で言いきった仁射那に対して、歩が「参ったな……」と台詞ほどには参ってない様子で笑いながら肩を竦《すく》めてみせる。

「あのね、ニーナが手に入るんなら俺は何でもするくらいの覚悟でいるよ。もちろん、親友と決別す

るのだって厭《いと》わないくらい」

言いながら隣を差した歩の指先を、和史が虫でも払うように叩き落とす。

(んー……、嘘っぽい)

口先のうまい歩の言葉はまだまだ信用ならないけれど——。

そう言われてみれば、思いあたる節がなくもないのだ。

「もしかして、さ」

「何?」

「好きとか愛してるとか、二人とも俺によく言ってたけど、あれって本気だったりした?」

和史の無言の首肯《しゅこう》に続いて、歩の笑顔がにっこりと鮮やかに花開く。

(って、ことは……)

あの最中に、和史にしては熱っぽく告げられた『好きだ』も。

歩にしては真剣な表情で囁いてきた『愛してる』も——。

全部本気だったということだろうか?

そう思った途端、一気に頬が熱くなるのを感じた。

「し、知らなかった……」

「だろうと思ってね。それでわざわざ、こんな場を設けたってわけ」

そう言って、歩が少しだけ笑みを淡くしてみせる。直後に和史が、歩の座る椅子の縁をガツンと乱暴に蹴りつけた。

「さっさと進めろよ、時間ねんだぞ」

「わかってるよ。野蛮だなぁ、カズシは」

眉を顰《ひそ》めた歩に刺すような視線を一度振ってから、和史が今度はその眼差しを真っ向からこちらへと向けてくる。

「それよりおまえ、俺らに言うことあんじゃね？　つーか、あるよな」

「え？」

「ないとは言わせねえ」

「……えーっと」

そう問われればあるにはあるのだが、この場面ではさすがに言いにくいというか……。

どうしたものかしばし言い淀んでいると、歩が助け船を出すように口を開いた。

「知らなかったよ。ニーナったら、カズシともヤッてたんだってね」

ガンッ――と、歩の語尾を掻き消すように、和史が机に拳を打ちつける。

（あー……それでさっきから怒ってたんだ）

不機嫌オーラ丸出しだった和史の態度に得心《とくしん》しつつ、仁射那はとりあえず、エへと首を傾げてみることにした。

「どっちとも最後まではしてない、よ？」

「それをいま問題にしてると思うか」

「違うっぽいね」

「当然だろ、問題はそこじゃなく！」

激昂したように立ち上がりかけた和史が、ふいに思い直したようにまた腰を下ろす。

続いて小さな嘆息。たぶん、憤懣《ふんまん》やるかたないといった和史の雰囲気とは裏腹に、こちらの表情があまりに呑気だったからだろう。

（まあ、そうだよね）

和史が自分に恋愛感情を持ってくれていたのだとしたら、確かにこの「現状」は我慢できないものだろう。そう、理解はできる。

（でも……）

「まあ、落ち着きなよカズシ」

不穏な気配をまとった和史とは正反対に、穏やかな笑みを湛《たた》えた歩が、「ちなみに」と瞳の輪郭《りんかく》をゆっくりと狭めた。

「カズシとはどこまでいったの」

「えーと、挿入未遂まで」

「指？　現物？」

「ゲンブツの方」

「ふうん、俺とよりは進んでるんだ」

それはちょっと面白くないな、と歩が満面の笑みを浮かべたまま瞳の奥だけをすうっと冷たくする。

――当然、歩も現状には大いに不満があるのだろう。

激しく沸々と、それから静かに淡々と憤りを発する二人を前に、仁射那はへへ……と再び力なく首を傾げてみせた。

和史と歩、そのどちらともある程度の肉体関係があったのは確かだ。

他愛ない触れ合いからスタートしたそれが、三ヵ月間でみるみる発展した結果が現状なのだが、でもそれはいずれも――。

「わかってるよ。ギブ&テイクだったんだろ？　おまえとしてはさ」

「あ、うん……」

和史の言葉に素直に頷くと、仁射那は俯きがちに相対する二人の表情を窺《うかが》った。ほとんど同時に溜め息をついた二人が、申し合わせたように同じタイミングで顔を見合わせる。

「おまえは何で釣ってたんだっけ」

「勉強のコーチ。そういうカズシは？」

「……昼メシ代」

歩の表情がみるみる呆れた色に染まっていくのを眺めながら、仁射那はしょぼん……と首を垂れた。

自身の体を何の代償にしていたか、いざそうやって言葉にされると我ながら情けないものがある。

「でも、持ちかけてきたのはそっち……」

「あたり前でしょ、俺もカズシも下心ありなんだから。あわよくばと思って当然だよ」

歩に自信満々に言いきられて、「そうだよね」と思わず頷きかけたところで、

「簡単に納得してんなよ」

身を乗り出してきた和史の手に、思いっきり頬をつねられた。

「いひゃい」

「フツウはそうそう流されねーんだよっ」

「ほうらろ……？」

「ったく。……まさか、こいつまで同じテ使ってるとは思わなかったしな」

バタバタと身じろいでようやく外れた指が、うっすらと赤くなった頬の表面をさらりと撫でてから離れていく。

（乱暴だなぁ、カズシは……）

それを恨めしげに見送った仁射那の視線を招くように、歩がパチンと指先を鳴らした。

「ちなみにカズシとの関係がはじまったのはいつからだっけ？　俺よりも前？」

「ううん、アユのが一週間くらい早かった」

「ということは俺の拓いた路線を、誰かさんが二番煎じで追ってきたってわけね」

和史の眇めた視線に、歩の勝ち誇ったような眼差しがぶつかる。

その狭間に、激しい火花が見えたのは気のせいだろうか。

——確かに、「関係」を持ちかけてきたのは歩の方が少しだけ早かった。

(最初は、ただの勉強会だったんだけどな)

成績において常に下位に属する仁射那に、常時トップクラスの歩が手を差し伸べてくれたのが夏休み前のこと。長期休暇の半分近くを、補習に費やさざるを得なくなった境遇に同情してくれたのだと当時は思っていたけれど、どうやら先ほどの言い分を聞く限りでは違ったのだろう。

それでも最初の数ヵ月は、本当に純粋な勉強会だったのだ。

放課後や週末にわざわざ時間を割いて付き合ってくれる歩のおかげで、仁射那の成績は秋口あたりから確実な上昇傾向を見せるようになった。下手な教師よりもよほどわかりやすい歩の教え方に、仁射那はいつしか頼りきるようになっていた。

はたしてその機を待っていたのか、それともただの思いつきだったのか。学期末試験に備えた十二月半ばの勉強会で、歩はおもむろにこんな提案をしてきたのだ。

『今日からカテキョ代、もらってもいいかな』

『え、でも俺、金欠……』

『知ってる。だからお代はキスでいいよ』

はじめはただの冗談だと思っていた。だから軽く承諾したのだが、終わるなり顎《あご》を取られて触れるだけのキスを仕掛けられた。

『今日の分はこれで充分』

『……こんなんで、いいの？』

『もちろん』

歩の行動に驚きはしたけれど、むしろそれで済むならありがたいと思うほどにそれまでも歩の世話になりきりだったので、仁射那はこの提案を受け入れる気になったのだ。キスや多少の触れ合いで、こんなにも高レベルな講義を受けられるのだったら安いものだ。

そうして成立した勉強会を重ねるうちに、いつしか講義ごとのキスはページ単位になり、行為自体も少しずつエスカレートしていった。

（いまじゃ、あんなだし）

あれから三ヵ月経つ現在では、後ろに指を入れられて舐《ねぶ》られるまでになっているのだが、歩の振る舞いがあくまでも穏やかで紳士的なせいか、仁射那の頭にはすでに抵抗するという選択肢がなかった。

一昨日の土曜も終わるなり半裸にされて、あらぬところをたっぷりと舐められたばかりだ。

（二回もイッちゃったんだよね）

思い返しただけで首筋が染まるような行為を仁射那に強いながら、歩は一昨日も「愛してる」と二度ほど耳元に囁いてくれた。――ただ、歩に限っては日常的にも「大好きだよ」などと言われ続けているので、気にも留めていなかったのだが。

（どれも本気で言ってたのかな……）

可愛いだとか持って帰りたいだとか、そんなふうに言われることもめずらしくないのだが、思えば入学式で知り合った当初から言われ続けているような気もする。

「アユはいつから俺のこと好きだったの？」

「最初に会ったときからだよ。何しろ、一目惚れだったからね」

必要とあらばどんな嘘でももっともらしく言ってのける歩だが、だからといって嘘ばかりつくわけではない。それにこの場で嘘をつくメリットがあるとも思えないので。

（やっぱり本当なのかな……）

じっと目を凝らした先で、歩が穏やかに瞳の輪郭を緩ませてみせる。

と、歩に向けていた視線を阻《はば》むように、

「この際、順番は関係ねーだろ」

また身を乗り出してきた和史が、仁射那の視界に強引にフェードインしてきた。

「俺の手と口であれだけ喘《あえ》ぐんだし、な」

ずいっと伸びてきた手に頰を撫でられて、反射的に背筋が震えてしまう。

「あ……」

そのまま唇をたどられて、先週の情事が走馬灯のように脳裏をめぐった。

「こないだの金曜だってヨカッタろ？」

熱の籠《こ》もった強い眼差しに見つめられて、脳裏の情景がさらに濃厚なものに変わる。

和史との「関係」がはじまったのは歩よりもあとだったけれど、進行度でいえばこちらの方がはるかに性急だった。だいたい、事のはじまりからして歩のときとは大幅に違う。

『俺、おまえのこと抱いてみたいんだけど』

これ以上ないほどストレートにそんなことを言われたのが、冬休み直前のこと。

あの日、歩は確か、家の事情だとかで学校を休んでいたのだ。

『や、俺はべつに抱かれたくないけど』

『俺は抱いてみたいんだよ。なあ、どうすればヤらしてくれる？』

あまりにも熱心に、そしてあまりにも真面目に何度もくり返されるので、思わず口が滑ってしまったのが、その日の放課後――。

『じゃあ、何か奢《おご》ってくれる？』

歩との関係が頭のどこかにあったからだろう、ギブ&テイクならというこちらの提案に、和史は二つ返事で乗った。

『オーケイ、明日の昼メシ代でどうだ？』

そう持ちかけられて――正直な話、助かると思ってしまった。

不和による離婚で、五年前から母子家庭になった筧家の台所事情はなかなかに苦しい。加えて、仕事で留守がちな母親に代わり、仁射那の身の回りの世話を焼いてくれるのは、そろそろ米寿に達しようという祖母だった。いまはまだ足腰も強く、意識も明瞭な祖母だけれど、人は老いには勝てないものだ。有事の際の貯えを持つには、切りつめられるところは極限まで切りつめねばならない。昼食代が数日浮くだけでも、どれだけの助けになることか。

かくして、週五で奢るから毎日ヤラせろと言う和史をどうにか週二で納得させて、仁射那は火曜と金曜の部活終了後に自らの体を提供するようになったのだ。

もっともすぐ冬休みに入ってしまったので、休み中は済《な》し崩しになって毎日に近く弄《いじ》られることもあった。それでも和史は冬休み中も律儀に昼食代を持ち続けてくれた。

（本当は、初回でもう止めようかと思ったんだけどね……）

初っ端から潤滑剤もなく突っ込もうとしてきたときは「この関係、ムリ！」と心底思ったものだが、失敗したときの和史の様子が予想外にへこんでて可愛かったので、挿入ナシという方向で事後に改めて契約を結んだのだ。

あれもこれもそれもヤッてみたいと欲動ばかりが先走る和史との関係は、ときおりケンカ寸前という事態にもなったが、歩との穏やかで一方的な行為とはまったく違う、互いの快楽だけを純粋に追求する関係はときに楽しくもあった。それが代償行為であると、しばしば忘れてしまうほどに。

――とはいえ、先週の件はべつだ。確かに、気持ちよくはあったけれど。

「でも、また突っ込もうとしたじゃん」

「入れなかったろ、けっきょく」

それは「入らなかったから諦めた」の間違いだろうと内心だけで訂正してから、仁射那は胡乱《うろん》な眼差しで和史を見やった。

（アユに指で弄られてるときは、すごく気持ちいいんだけどな……）

和史の愛撫はどれも強引で、とにかく粗雑なのだ。

後ろに関しては指で弄られても、快感を覚えたことなど一度もない。それなのに先週はなぜかことあるごとに入れようとしてくるので、実は難儀していたのだ。

「カズシはいつから俺が好きだったの」

「さあな、気がついたらそういう目で見てたんだよ。おまえ男だから、最初は気のせいかと思ってたんだけど……」

そうじゃなかったっつーわけ、と和史がふっと口元を緩める。

歩と違い、和史は本当のことしか言わない。そろそろ社交辞令を挟むくらいのスキルを身につけた方がいいんじゃないかと、こちらが心配になってしまうほど歯に衣《きぬ》着せない物言いが和史の特徴でもあった。だからいまの言葉にも、嘘はないとわかる。

（じゃあ、どうして……）

二人に以前から、そんなふうに思われていたのだとして——。

「なんで、今日になって告白なの？」

機会ならいままでにもいくらだってあったはずなのに。

なぜこのタイミングで、しかも二人同時なのか。

仁射那の問いかけにまたも顔を見合わせた二人が、今度はばらばらに重く息をついた。

「あのね、ニーナの体を好きにしてるのが、俺だけならべつに問題なかったんだよ。わざわざ告白する気もなかったしね。でも」

「誰かと共有なんて冗談じゃねえっ」

そう吐き捨てた和史に同意するように、深く頷いた歩が、「要はそーいうこと」と軽く肩を竦めてみせる。

「俺らはどっちも、ニーナを独り占めしたいんだよ。自分だけのモノにしたいわけ。そのための宣戦布告っていうかね」

「宣戦布告?」

話の流れにいまひとつ乗りきれず、反問しながら首を傾げた仁射那に、歩がにっこりと表情を綻ばせた。通路を挟んだ隣で不機嫌げに腕を組んでいた和史が、機を待っていたように顎先を上げる。

「白黒はっきりさせんだよ」

「シロクロ?」

「そ。これから一週間かけておまえのこと口説くから。最終日にどっちか選べよな」

「は?」

「ああ、もちろん『どっちも無理』って選択肢もアリだからね」

安心してと歩に笑いかけられるも、はたしてどのへんがどう安心してなのか、皆目見当もつかない。

意味がつかめないまま瞬きをくり返したところで、歩の携帯のアラーム音が鳴った。

「ああ、時間だ。生徒会室にいかなくちゃ」

「俺も部活だ。もう遅刻だけどな」

言うだけ言って立ち上がった二人を、

(えーと？)

仁射那は混乱した頭のまま、ただ眺めるしかなかった。だが。

「ま、ニーナ、流されやすいからね」

「一週間もありゃ楽勝っつーか」

「楽勝？」

意味ありげに視線を交わした二人が、ふっとそれぞれに忍び笑うのを見た瞬間。

(宣戦布告ってそういうこと？)

カチン、とこめかみが鳴った気がした。

「——わかったよ。受けて立つ」

落とせるものなら落としてもらおうじゃないか。気づいたら胸を張ってそう宣言していた。

あとから思えばほとんど脊髄《せきずい》反射、考える間もなく口にした答えだったのだが、もしかしたらそこまでが策士・歩の計算だったのかもしれない。

「よかった。ニーナなら乗ってくれると思ってたよ」

歩がぽんと肩を叩いてくる。

「今日はもうタイムリミットだけど」

「明日から覚悟しとけよ？」

かたやニッコリと、かたやニヤリと笑ってから踵《きびす》を返した二人の背中を、

「そっちこそな！」

と叫びつつ見送ってから、数分後――。

「ど、どうしよう……」

（ていうか、何この展開……？）

ようやく自らが乗った話に思いをめぐらせる余裕が出てくるも、すべてはあとの祭りだ。勢いでとんでもないことを受諾してしまった気がして、いまさらながら青褪めたい気持ちに駆られる。

「ちーす。カズシとアユいるー？」

そこでちょうど来訪者が現れたのは、仁射那にとっては僥倖《ぎょうこう》だった。

「あっれ、いねーじゃん。筧、知らねー？　ここにいるって聞いてきたんだけど」

「も、モトハシー……」

クリアファイルを手に後ろの扉から顔を覗かせた本橋道隆《もとはしみちたか》が、振り向いた仁射那と目が合うなり、利発そうな顔立ちを不可解げに曇らせる。

「つーか、なんで半泣き？」

あの二人との交友歴でいえば、小学校からの付き合いだという本橋の方が断然長い。二人ともと気安い仲にある本橋なら、自分の知りえない情報も持っている可能性が大いにある。その証拠に、本橋は仁射那の追い詰められた表情を見るなり、何かに思いあたったように「あー……」と声を鈍らせた。

「もしかして、今日が決行日だった？」

「やっぱり何か知ってるんだ……」

「俺が聞いたのはカズシの話だけだけどな。もしかしてアユにも告られた？」

無言で頷いた仁射那に「なるほどねー」と苦笑を向けてから、本橋が勝手知ったる顔で教室に踏み込んでくる。先ほどまで歩が座っていた席に腰を下ろすなり、本橋は手近の机にひょいと持っていたファイルを滑らせた。

「ま、男に告られりゃ動揺もするよな。俺でよけりゃ相談に乗るけど？」

強力な助っ人からのこのうえない申し出に、仁射那はありがたく縋《すが》ることにした。

だが、これまでの経緯を搔いつまんで話し終えたところで――。

「……これ、俺が聞いちゃってよかったのかな」

本橋はなぜか遠い目になって、眉間《みけん》に人差し指の腹を宛がった。

「え、なんで？」

「や、まあ……とりあえず、筧は二人ともと肉体関係ありってわけね」

「うん。最後まではいってないけどね」

「なるほど。――ていうか、それを明け透けに俺に言っちゃうとこがまたなぁ……」

そう小さく独りごちてから、今度は俯《うつむ》きがちに溜め息をつく。教室に入ってきたときはまだ明るかった表情が、いまでは暗雲に包まれているかのようだ。

(俺、何かまずいことでも言った?)

悩ましげに眉間を揉んでいる本橋と、通路を挟んで向き合いながら仁射那も眉宇を曇らせてみるも、まったく見当もつかない。

「……筧ってさ、ホント天然だよね」

「そんなことないと思うけど」

「や、おまえ天然だからね。自覚しといた方が周囲のためになるよ」

そんな失礼なことを言いながら、本橋はなおも眉頭をつまんでいる。ややして思い直したように顔を上げると、A組の秀才は「ま、いいや」とようやく愁眉を開いた。

「肉体関係はともかくとして、だ。筧が悩んでるのはどの点なわけ。どう答えるべきか、それとも答えはもう決まってる?」

「決まってないよ。ていうか、まだフツウに驚いてる真っ最中。あの二人がまさか、って」

「あ、そ。じゃ保留でいいじゃん」

「保留?」

「そーそ。せいぜい口説かしときゃいいんだよ。答えは一週間後に出しゃいーんだろ？　それまでは様子見ってことでさ」

「あ、そっか」

言われてみればそのとおりで、現時点で自分がどう騒いだところで、事態は何も変わらないのだ。

二人のうち、どちらかと付き合うなんて想像もつかないけれど、もしかしたらこの一週間で心が動くこともあるかもしれない。——正直あんまり動くとも思えないけれど。

たとえ動かなかったとしても、そのときはどちらも選ばなければいいだけの話だ。これまでと何が変わるわけでもないだろう。

「俺はただ口説かれてればいいんだ？」

「そーゆこと」

（なんだ、簡単じゃん）

そう思った途端、ふっと肩が軽くなった気がした。混乱していた心の整理がついたおかげか、本橋の表情もさっきに比べればずいぶん明るくなった、ように見える。

「ありがとう、本橋」

「や、俺もあいつらの弱みつかめたっていうかね。まあ正直な話、率先して知りたい事実でもなかったけども……」

そこでまた少しだけ曇った表情も、すぐに元に戻って今度は満面の笑みになる。

「何はともあれ、恋愛も青春の醍醐味だよな。あいつらが謳歌してるってのは朗報だよ」

そう言って歯を見せた本橋に釣られるようにして、仁射那もふわりと顔を綻ばせた。

「にしても、告られ初体験ってマジ？」

「そうだけど」

「ちょっと意外。筧ってけっこうモテる方じゃね？　いっつも女子に囲まれてんじゃん」

話が雑談に転じたからか、本橋が気軽な仕草で足を組み、机に肘をつく。

「あー……そう見えてるんだ」

宙に浮いた上履きの踵《かかと》が軽快に揺れるのを眺めながら、「それがさぁ……」と仁射那は弱々しく首を振ってみせた。

「よく言われるんだけど、俺は恋愛対象にならないんだってさ」

「それは、男として見れないってこと？」

「……じゃない？」

肩を竦めた仁射那に対して、三割が同情でできたような苦笑を本橋が浮かべる。

——残りの七割は納得といった風情だ。

「確かに。こう言っちゃなんだけどさ、筧の顔じゃ女に乗ってるより、男に乗られてる方がなんか説得力あるよな」

「何それ」

「ビジュアル的な話。そういや筧が女子と戯れてる図ってのもアレだな。傍から見ると、百合っぽいもんな」

「まじで？」

「わりと」

どこまでが本気かわからない調子で片目を瞑《つむ》ってから、本橋がなるほどねーと零《こぼ》す。

「それで初めての告白が、野郎二人になっちまったってわけね」

「そんな感じ」

ご愁傷さまと笑う本橋の上履きを爪先で小突いてから、仁射那は小さく息をついた。

「とりあえず、明日から口説かれてみる」

「おー。あいつらのお手並み拝見な」

相談も済んだいまとなっては放課後の教室に残る理由もない。携帯で時刻を確認しながら立ち上がったところで、本橋も自身の携帯に視線を落とした。

「おっと、もうこんな時間か。つーか、あいつらどこいったわけよ。まさかとは思うけど、課外活動にいっちゃったとか？」

「うん。生徒会室と体育館にいるはず」

左右の親指でそれぞれの方向を指し示すと、またもや眉間にシワをよせた本橋が何やら考え深げにクリアファイルに視線を据える。

「――アユ、か」

ややしてそう呟《つぶや》くなり、本橋は悔しげに眉をよせながら自身の額を叩いた。

「アユがどうかした？」

「どうもこうも、俺をここに呼びつけたのがあいつなんだよ。生徒会で校内新聞のバックナンバーが必要になったとか言ってさ。バスケ部にも関わるとか何とか」

「へーえ？」

「やられた。最初っからアフターケア押しつける気だったってわけか。――いや、それよりこれで共犯にしたつもりか……？」

言葉の意味はよくわからないが、どうやら歩に一杯食わされたらしい。

「謀《はか》られたの？」

「あー、まんまとね」

あいつホントこえーよなぁ……と苦笑交じりに呟きながら、本橋がファイルを手に立ち上がる。

並んで教室を出ながら、仁射那はそう目線の変わらない本橋の横顔を、そういえばさ……と首を引いて覗き込んだ。

「カズシはなんて言ってたの？　俺のこと、あいつから聞いてたんでしょ」

「ああ、まーね。寛にまじ恋だっつー話と、アユがライバルらしいって話だけな。あと、近々告るっ て予定は聞いてた」

「そっか、それで」

こちらの困窮した表情を見るなり、すぐに察してくれたのだろう。

新聞部の部室に戻るという本橋と本校舎までの道程を連れ立ちながら、仁射那はふと湧いた疑問をそのまま口にした。

「本橋は二人がホモでも気にしないの」

「わあ、直球できたね」

クリアファイルの側面を掌にあてながら、本橋が「そうだなぁ…」と天井に視線を逃がす。

「あいつらが俺に惚れたってんなら、またべつだけどさ。さっきも言ったろ？　恋愛は青春の醍醐味ってさ。存分に楽しめばいいんだよ、相手が異性でも同性でもな。——それに、カズシに聞く前から俺は何となく察してたし」

「そうなの？」

「ああ。あいつが誰か懐に入れんのもめずらしいし、アユも異常なほど筧のこと可愛がってたからさ。どっちかってと、納得」

そう頷く本橋の表情はとても穏やかで優しげだった。

言葉だけでなく、心からそう思っているのが伝わってくる。

「それに、あいつらの気持ちもわからないでもないっていうかね」

「どういうこと？」

「筧ってさ、どっか危なっかしい空気あんだよな。無警戒の小動物ぽいっつーか？　その無防備さとつついたり、守ってやりたくなったりすんじゃねーの」

「それ、恋愛？」

「さあな。それより、筧こそどうなんだよ。カラダ許しちまうぐらいには、あいつらのこと好きってこと？」

「うーん……」

実はさっきから、自分でもその点で悩んでいるのだ。二人が好きなのは確かだけれど、それはあくまでも友人としての範疇《はんちゅう》においてだ。それを超えて体を重ねてしまったのは、成りゆきと勢いの結果にほかならない、と自身では分析していたのだが。

（でもなぁ……）

「たとえば俺が昼メシ代持つって言ったら、筧は俺ともヤれるわけ？」

「あ、無理」

「即答かよ」

「うん。――あ、ホントだ。即答だ」

考えるよりも先に口が動いていた。さらに十秒以上かけてもう一度検討してみるも、

（あの二人以外とスルなんて）

やはり、無理という結論しか出てこない。たとえば本橋相手に脚を開く、と想定しただけで、理屈

でなく生理的な嫌悪感がムクムクと胸の奥底から湧き上がってくるのだ。

「いくら積まれても本橋とは無理だなぁ……」

「あ、そ。べつにその気もねーけど、そこまで言われっとさすがに傷つくなぁ」

理知的な面立ちを完全なる苦笑で覆いながら、本橋が何はともあれ、と話を総括する。

「あいつらとの友情はともかく、この件に関しちゃ俺は筧の味方だからさ」

本橋の手がポンと肩に置かれた。高校でクラスが離れるまでは、小・中とずっとクラスメイトだったという本橋への信頼は、二人ともかなり厚い。

「何かあったら、また言えよな」

その本橋がこうして親身になってくれるのは、何よりも心強かった。

「ホントにありがとね、本橋」

「どーいたしまして。乗りかかった船っつーか、毒を食らわば皿までっていうかね。ただこの件、俺以外には口外しないようにね」

「もちろん」

「——特に、肉体関係云々《うんぬん》ね」

「わかってるって」

さすがにそれが吹聴すべき事柄じゃないことくらいは自分にもわかる。胸に手をあてて頷いてみせるも、そういえば本橋にはあっさり言っちゃったなぁ……といまさらながら気づいてみたりする。

（なるほど）

こういう認識のタイムラグをして、本橋はテンネンと評するのだろうか。

「俺やっぱ、ちょっと天然かも」

「うん。ちょっとじゃなくて、たくさんだからね」

さらりと、またも失礼なことを言った本橋に笑顔で蹴りをかますと、

「じゃーね、本橋！」

仁射那は軽やかな足取りで昇降口を目指した。

2

翌朝――。

「バーちゃん、いってきまーす」

室内に向けて声を張り上げてから、扉を閉ざす。

三月にしては暖かい陽気に頬を撫でられながら、仁射那はふわあ……と欠伸《あくび》を零した。眠い目を擦りつつ門扉の鍵に手をかけたところで、めずらしい来訪者に、

「おはよ、カズシ」

と声をかける。こちらが察していたことに驚いたのか、どこか罰が悪そうな顔で「よう」と片手を挙げてから、和史がもたれていた壁からゆっくりと背を起こす。

自分の背丈ではほとんど隠れてしまうコンクリート塀も、一八〇を越える長身は隠せない。家を出た時点で後頭部が半分見えていたことを明かすと、「なんだ、驚かそうと思ったのにな……」と和史がようやく表情を崩した。

「わざわざ迎えにきてくれたわけ」

「まあな」

学校まで徒歩十五分の自分と違い、和史は三駅離れた隣区からの電車通学のはずだ。そのうえ、仁

射那の家は、駅を挟んで学校とは反対側に位置する。

そんな遠回りをしてまで、わざわざきてくれた理由はといえば――。

「これも作戦の一環？」

「そんなとこ。あれから少し話し合ってな、いくつかルールを決めたんだよ」

和史によれば火曜から金曜までは一日交代で口説くことになり、和史が先攻になったのだという。

「へえ、じゃ明日はアユの番なんだね」

「そ。でも今日は俺の番なんでね」

いまは俺のことだけ考えてろよ、と真顔で言われて。

「あー……うん」

正直なところ、少しだけ戸惑ってしまった。

親友二人に求愛されているという状況が一歩引いて見るとあまりにコミカルで、寝て起きたら現実味を失いかけていたのだが、

（やっぱり、夢じゃないよね……）

隣を歩く和史の表情は真剣そのものだ。そもそも変なところで頭の硬さを発揮する和史が、こんな冗談の片棒を担ぐわけがない。

「あ、でも朝練は？」

「サボった」

「まずくないの、それ」

「まずいよ。かなりやべーけど」

そうも言ってらんねーだろ、と和史が大きな掌でくしゃりと仁射那の前髪を乱す。

「俺、いまバスケかおまえか選べって言われたら確実におまえ取るわ」

「……カズシって実は愛に生きるタイプ？」

「かもな」

自分が殺し文句を言った自覚はないのか、飄々《ひょうひょう》とした態度のまま和史が先に歩き出す。

何事も計算で乗りきる歩と違い、和史は本能のままに動くタイプだ。素で思ったことがそのまま口から出たのだろう。

（——いまのは、ちょっと響いたかな）

通学路を並んで歩きながら、仁射那は緩む頬を隠すように片手を添えた。

「でも、きてたんなら声かけてくれればよかったのに。バーちゃんだって、カズシに会いたがったと思うよ」

「さすがに雪絵《ゆきえ》さんとは顔合わせづれーよ」

「なんで？」

だって曽孫見せらんないかもしんねーだろ、とまたも真顔で言われてしまって、今度はつい吹き出してしまった。

「よっく言うよ。冬休み中、あんだけ俺の部屋で盛っといて」

「おまえがエロイのが悪い」

「何それ、責任転嫁？」

ひどい言われようだと思いつつ、あまり反論はできない。

歩相手だと仕掛けられる一方なのだが、和史相手のときはわりとこちらから攻勢に出ることもあったからだ。卑猥《ひわい》な語句をわざと口にしてみたり。

（俺から乗っかったりもしたっけ）

和史との行為はセックスというよりも、二人でできるスポーツ的な感覚が強かった。あくまでも自分の感覚としては、なのだが。

「俺、なんでカズシと寝たのかなぁ」

「昼メシ代に釣られたからだろ」

それはそうなんだけど……と返しながら、隣を歩く和史の横顔をそっと盗み見る。

世間では『男は愛がなくてもセックスできる』とよく言うけれど、それは相手が男だった場合にも適用されるのだろうか。

（でも二人以外とは考えられないし……）

それについては、昨夜もさんざん検討したばかりだ。

身近にいる同級生たちや教師にはじまり芸能人にまで幅を広げて考えてみたものの、この人とならシてもいい、と思える同性にはいきあたらなかった。

自分にとって、二人が「特別」なのは確かなのだろう。考えてみればこの三ヵ月の間、一度も嫌悪を感じることなく肉体交渉を続けてこられたのだから。

ただ、そのスペシャルが恋愛に属するものだという認識や感覚は自分の中にはない。だからこそ関係を結ぶようになったあとも、何ら変わりない友人関係を保っていられたのだろう。

「俺、自覚がないだけで、もしかしたらカズシのこと好きなのかなぁ……」

「まじかよ？　なら即刻、アユに勝利宣言すっぞ」

瞬く間に取り出した携帯で、いまにもコールしようとする和史の手を慌てて制する。

「待って、アユも同じなんだってば！」

「ああ？」

思いきり眉をよせた顰めっ面に、昨日からの考察をとくとくと聞かせると、和史は緩く嘆息してからスラックスのポケットに携帯を戻した。

「――あっそ。俺とあいつは変わらず、土俵上にいるわけね。これ以上ライバルが増えそうにないってのは嬉しい話だけどな」

「あ、ちょ……待ってよ、カズシっ」

目に見えて速足になった和史の背を追いながら、仁射那も脚のスライドを速める。駅までの近道になる児童公園の入り口にさしかかったところで、和史がようやく歩を緩めた。

「カズシ、速すぎ」

「悪いな。足が長いもんでな」

涼しい顔でそんなことを言いながら、すっかり息の上がった仁射那の右手を、和史が振り向きざまに捕らえる。そのままぐいっと強く引かれて、仁射那はあっという間に人気のない緑道に連れ込まれていた。

「……手なんて初めて繋いだね」

「おまえ、トロいんだよ」

口ではそう言いながらも、和史の足取りはさっきとは打って変わってスローテンポだ。小鳥が囀《さえず》る木立ちを抜けながら、仁射那は改めて和史の横顔に視線を留めた。

「カズシは、俺のどこが好きなの？」

「さあな、顔かもな」

「いいかげんだなぁ……」

「んなの考える間もなく、おまえで勃ったんだから仕方なくね？」

身も蓋もない台詞に閉口したくなるも、それが和史の本音なのだろう。園内の中央に配された円形の噴水を迂回しながら、水音に紛れない強い口調で和史が続ける。

「何が恋かなんてよくわかんねーし、正直、愛も恋もなくたって休なんかいくらでも繋げられっけど。おまえが俺だけのモンになったらって考えたら、わけわかんねーくらいドキドキしたんだよ」

「ドキドキ？」

「そ」

繋いでいた手を胸元へと誘導されて、仁射那は確かな鼓動を掌に感じた。見上げた顔つきはあくまでも淡白だったけれど、表情に反した速い鼓動が服の内側で響いている。

「——いまもしてるんだ」

「かなりな」

噴水脇で足を止めながら、仁射那はしばし掌を打つ拍動に意識を傾けた。

平常よりも速い調べが、鼓膜を揺らす水音とあいまって心地よさを演出する。

（ドキドキが伝染してきそう……）

手の甲を包む和史の掌も、いつもより熱い気がして快い緊張を仁射那にもたらす。

俯いたまましばし目を瞑っていると、ふいに瞼の向こうが薄暗くなった。覆い被さってきた和史の吐息が首筋に触れてくる。そのまま口づけられるのかと思いきや。

「あ、痛……っ」

いきなり噛みつかれて思わず声が出た。

それも軽くではなく、けっこう本気で噛まれた感触だ。

「なっ、何？」

「——悪い」

柔肉を食《は》んだ歯はすぐに外れたけれど、唇はまだ首筋に触れたまま。

「あいつもここに触れたのかと思ったら、ムカっ腹立った」

素肌にくっきり残っただろう噛み痕を、和史が濡れた舌先でたどる。

「ん……っ」

そのくすぐったさに身を縮めると、「我慢しろよ」と吐息交じりに囁かれた。

クチュ……と濡れた音が間近で鳴るのを聞きながら、与えられる刺激に目を閉じて耐える。熱い舌が這い回る感触は官能的で、仁射那は思わず小さく身じろいだ。

「う……ン……っ」

それを咎めるように、捕らわれたままだった右手に和史の指がきつく絡む。

指と指の間に割り込んできた五指にぎゅっと力を籠めながら、和史はさらに熱心に舌を使った。

「やっ、やだよカズシ……」

小さく抗議の声を上げるも、まるで聞こえないかのように愛撫は弱まらない。

スイッチの入った和史はそう簡単には止まってくれない。ややして涙目になったところで、ようやく和史が唇を外した。

「……痛いじゃんか、バカ」

「それだけでもなかったろ？」

何度も吸われて甘噛みもくり返されたそこは、きっと赤く腫《は》れていることだろう。

「俺のってシルシだよ」

「カズシって肉食系だよね……」

「まあね」

　悪びれたふうもなく、和史が片頬だけを歪めて笑う。

「それで言うと、おまえは逆だな」

「逆？」

「俺、おまえのエモノっぽいとこが好きなんだと思う」

「獲物ねぇ……」

　本橋にも似たようなことを言われたなぁと思いつつ、仁射那は空いた手で滲んでいた涙を拭った。その仕草に、和史の目が一瞬光ったような錯覚に陥る。

「な、何……？」

「おまえ見てっと泣かしたくなんだよ。捕まえて組み伏せて、蹂躙《じゅうりん》したくなる」

「野獣」

「何とでも」

　組んでいた指もあっさり解くと、和史は何事もなかったように一人でさっさと歩きはじめた。その背を追いながら、いつもは開け放しているシャツのボタンを留める。

（まったく、もう）

ぎりぎり隠れる位置だったのは計算なのか、それとも偶然なのか。火曜の時間割に体育がなかったことに感謝しながら、仁射那はいちばん上まで留めたシャツの慣れない息苦しさに眉を顰めた。

「おかげさまで、今日は校則どおりの着こなしになったよ」

「よかったじゃねーか」

涙の余韻でぐずつく洟《はな》を啜りながら、出口に続く並木道を進む。

(勝手だなぁ、カズシは……)

これで口説いているつもりなのだろうか？　少し優しくされたかと思えば突き放されて、こちらとしてはどう受け止めていいのか、途方に暮れるばかりだ。

木立ちを揺らす春風のそよぎを聞きながら、仁射那は唐突に憎まれ口を利きたくなった。

「つーか、いつもこんなふうに口説いてるわけ？　こないだの彼女も別れたっていうより、フられたの間違いなんじゃないの？」

三歩ほど先をいく成長途上の背中に、唇を尖らせながら文句を叩きつける。

相手が女子であっても、和史の態度はまるで変わらない。男女どちらに対しても、和史の無愛想さや正直すぎる物言いは存分に発揮されるのだ。

「なんでそう思う？」

「だって多いじゃん、そのパターン」

事実、仁射那が知るだけでも三度は相手方からフられているはずだ。土曜に別れたという彼女も、向こうから別離を望まれたのではないだろうか。

「――ま、正解っちゃ正解だな」

仁射那の邪推をあっさり肯定すると、和史は俯きがちに速度を落とした。必然的に肩を並べながら、表情の乏しい和史の横顔をじっと見つめる。

「やっぱフラれたの？」

「そう仕向けたんだよ。こっちから切り出すと泣かれたりして面倒だからな。――でもアキコのことはわりと気に入ってたんだぜ」

「じゃあ、なんで」

口にしてから答えに思いあたる。

「もしかして、俺のせい……？」

「べつにおまえのせいじゃねーよ。ただ気づいただけだ。自分の『本命』が誰かにな」

そう言ってこちらを見据えた視線は、まるっきり獣の眼差しだった。

冷めて淡々としながらも、瞳の奥底に餓えた渇望が揺れている。

「そもそもなんでバレたか、おまえぜんぜんわかってねーだろ？　最初に気づいたのはアユだよ。おまえが、自分以外の誰かとも寝てんじゃねーかってな」

「え……？」

（そういえば、なんでわかったんだろう）

親友二人ともと寝ているなんて事実は自分だけが知っていればいい。だから痕はつけないようどちらにも強く要請したし、二人とも約束は守ってくれていた。部屋に残る痕跡だって、祖母や母親に知られるのが気まずくて、周到に消したつもりだったのに……。

「やっぱり気づいてなかったか」

獣の目のまま、和史が飄々と言葉を継ぐ。

「実は先々週の金曜、内腿の際《きわ》にひとつだけ歯型つけといたんだよ」

「え？」

「べつに他意はねーよ。衝動のままやっちまっただけでね。おまえ、夢中んなると頭飛ぶからな。そんときにちょっとね。——まさか、気づくやつがいるとは思わなかったよ。アレを知るには、おまえの股座を開いて覗き込む必要があるからな」

「……っ」

熱くなった頬を反射的に掌で庇いながら、そろそろと歩行速度を落とす。

それが逃亡の前兆に見えたのか、和史がすかさず肩に手を回してきた。おかげでがっちりと腕をつかまれながら、言葉の続きを聞くはめになる。

「アユは、それが俺だと即座に踏んだらしいな。ったく、同じ穴のムジナは鼻が利くのかね。先週の月曜になっていきなり、ニーナと寝てるって聞かされたんだよ。『だから、おまえだけのモンじゃない』ってな」

「へ、へーえ……」

「それから『おまえは本気なのか』って訊かれた。……薄々気づいちゃいたんだけどな。俺はおまえの体だけが欲しいんじゃないって、あれで自覚したよ、痛烈にな」

単純明快、思いついたら即実行が信条の和史は、月曜の時点で仁射那に思いをぶちまけようとしたのだという。それを止めたのが、歩だった。

『どうせだから、正々堂々と勝負しようよ』

自分も仁射那を諦める気はない、できれば共有ではなく独占したい——と。そう主張する歩に和史はすぐにも勝負をはじめようと持ちかけたらしいのだが、歩は笑顔でその申し出を退けた。

『この際、ニーナにもチャンスをあげるべきだとは思わない？』

どんな事情があるにせよ、親友二人と関係があることをそれぞれに隠していたのだから、仁射那にも何か思うところがあるのかもしれない。

それを打ち明ける猶予くらいはあげてもいいんじゃない？

もちろん、これまでずっと秘してきたように、これからも事実を黙するつもりなら。

『そのときは二人で追い詰めようよ』

そんな密談が月曜の放課後になされていたとは露《つゆ》知らず。

（うわー……）

先週一週間、どうやら自分が泳がされていたことを知って、仁射那はいまさらながら血の気の引く思いだった。何も考えず、いつもどおりの日常を送っていた自分の能天気さが恨めしくなってくる。

自分としては、二人に関係を打ち明ける気など毛頭なかった。

それは二人に悪いからというよりも、自らの浅慮《せんりょ》さと節操のなさをできるだけ伏せておきたかったからだ。流されて、押しきられてはじまった関係ではあるが、二人ともと代償行為で寝てるなんて、できれば双方に知られたくなかった。

それに仁射那自身は行為自体を、二人とは比較にならないほど軽く考えていた面もある。だからこれまでもこれからも、ただ何となく関係を持ちながら友情を続けていけると思っていたのだ。

猶予期間でその浅薄さを見切ったうえで、二人は改めて土曜に会談の場を持ったのだという。

そうして昨日になって、状況に流されているだけの仁射那に、あの宣戦布告が叩きつけられたというわけだ。

「――この三ヵ月、まったく気づかなかった俺らも俺らだけどな」

そう自嘲気味に零しながら、和史が回していた腕の力をすっと抜く。慌てて見上げた横顔はほとんど無表情に近かったけれど、いつもより格段に目の色が暗かった。

(カズシ……)

自分が考えなしに流された結果、もしかしたら和史にも歩にも、不可視の傷を負わせてしまったのかもしれない――。そんな予感が、急速に胸の真ん中に湧き上がった。

痛いほどにつかまれていた腕に血が通うのを感じながら、仁射那は小さな声で「ごめんね」と素直に詫《わ》びた。

「何の謝罪だよ」

途端に眉をよせた和史が、不機嫌げに反問してくる。

「だって俺、二人の気持ちぜんぜんわかってなくて……。節操なくてゴメンナサイ」

伏し目がちに、今度は頭を下げようとしたところで、

「ん、ン……っ？」

両手で頬をつかまれて唇を塞がれた。強引に唇を割られて舌の侵入を許す。

歯列の裏をたどった舌が、最後にきゅっと仁射那の舌に絡んでから出ていった。

「カ、ズシ…！」

言おうと思っていた言葉を、すべて持っていかれたような気がして口元を覆う。

「べつにいい。おまえが謝ることじゃない。それにこうでもなんなきゃ、俺は認めらんなかったかもしんねーしな」

「え……？」

「アユと同じ――最初からおまえのこと、気になってたんだよ。そのへん、自分でもよくわかってなかったけどな。いま思えば」

ひとめ、まで言いかけた唇が、ややして思い直したようにきゅっと引き結ばれる。

「……やべえ、遅刻だ」

「え？　あっ」

慌てて時刻を確認しようとした仁射那の手をむんずとつかむなり、和史が駆け出す。

（まったく……）

疾走に引き摺られるようにして並走しながら、仁射那は知らず頬を緩ませていた。

遅刻だ、と言い出すほんのわずか一秒前に浮かべていた表情を思えば、突然の挙動も照れ隠しの発動だとすぐにわかるから。

（殺し文句は無自覚で言うくせに）

けっきょく予定より十分も早く、二人は校門を潜《くぐ》ることになった。

遅刻の域まで、まだまだ余裕があったのは言うまでもない。


『言っとくけど今日はおまえ、俺だけのモンだからな。俺のそばを離れるなよ』

教室に入る前に宣告されたとおり、仁射那はその日一日、常に和史とのセット行動を余儀なくされた。べつに言われたからといって従う義務もないのだが、そもそもは自分が流されたからこんな状況にあるのだと思うと、

（ある意味、自業自得だし）

ついつい従順にならざるを得ない。

二人の様子を周囲は何かの罰ゲームだと思っているらしく、最初こそひやかしを受けたものの、昼休みを迎える頃にはすっかり飽きられ、どこへいくにも仁射那を連れていきたがる和史の子供じみた主張にも、

「トイレ？　それくらい一人でいきなよ」

「おまえが隣にいないと出ねーんだよ」

もはや誰も、突っ込みもしない。

（こんなに独占欲強いやつだっけ……？）

淡白すぎる、もっと私に執着してと歴代の彼女に言われ続けていた男の言動とはとても思えない。二時限目の休み時間にそう指摘したときには、「それだけ本気だと思っとけよ」と真顔で宣言されてしまった。

「どうしてもこの姿勢じゃなきゃだめ？」

「愚問をくり返すなよ」

恐ろしいことに、椅子に座った和史を背に後ろ抱きで昼食を取らされながら、仁射那は食べかけのメンチカツサンドに切なげな溜め息を被せた。

歩にいたっては、朝から一言も口を利かせてもらえずにいる。

（アユも何考えてるんだかなぁ）

こちらの様子をどこか楽しげに観察する歩に視線でＳＯＳを送るたびに、和史は力ずくで仁射那の

視線を引き剝がした。

「首、痛いってばっ」

「じゃ、よそ見すんな」

淡々とそんな注文をつけながら、和史が仁射那の手から食べかけのサンドイッチを盗み取る。右腕でがっちりと腹部をロックされているせいで逃げることも叶わず、仁射那はやむなく和史の腕の中で食べた気のしない昼食を終えた。

「あのさ、そろそろ離してくんない……？」

「なんで」

「なんでって苦しいし、恥ずかしいし」

この光景を見慣れてしまったらしいクラスメイトたちはともかく、他クラスの生徒が顔を見せるたびにものめずらしげにこちらを眺めていくのがいたたまれない。先ほどちらりと顔を覗かせた本橋には「ご愁傷さま」と笑顔で告げられた。

「俺はぜんぜん気になんねーけど」

どうも時間が経つごとに、和史の独占欲は肥大している気がしてならない。

朝からしばらくは半径五〇センチ内にいればセーフだったのに、いまではこんな密着を要求されているのだから――このスキンシップが放課後までにどれだけの進化を遂げるか、考えただけでもそら恐ろしい。

「べつに逃げないよ。そばにいるってば」

「俺がこうしてたいんだよ」

悪いか、と背後から聞こえてくる低音に、悪いよ、と内心だけで返しながら仁射那は何度目になるか知れない嘆息を漏らした。

（なんかもう、子供のワガママだよね……）

側頭部に、首を傾けた和史の鼻先が埋められる。吐息が地肌に触れるこそばゆさに、仁射那は思わず身を震わせた。

「エロイ反応すんな」

「さ、させてんのはおまえだろ……っ」

そんな小声の応酬に、ふいに通常ボリュームの声が間近から割り込んでくる。

「——必死だねぇ」

見ればいつもの穏やかな笑みを浮かべた歩が、ゆったりとした足取りで傍らをとおりすぎるところだった。ア、と呼びかけた名前を和史の掌に素早く塞がれる。

「何だよ」

「べつに。そういうカズシ、初めて見るなぁって思っただけだよ。興味深いね」

そう感想を述べるなり、歩はそのまま廊下へと足を向けた。

「……俺もこういう自分、初めて知ったわ」

教室の喧騒に紛れるくらい低い声で、和史が肩越しにぼそりと呟く。その直後、いきなり立ち上がった和史のせいで、仁射那も自動的に起立させられた。

「ちょ、カズシ？」

腹部をロックされたまま、速足の和史に引き摺られるようにして教室を出る。

「俺ら、次サボっから」

前をいく歩を追い越しざま吐き捨てた和史の台詞に、背後で笑う気配があった。

「──約束、忘れるなよ」

笑み含みの、けれど意外に鋭い声が後ろからかけられる。

それに片手を挙げて応えながら、和史が腕のロックをさらに強める。

（え、え──？）

どうにか首だけをめぐらせて背後を窺うと、歩が笑顔で手を振っているところだった。そのままなす術《すべ》なく空き教室に連れ込まれたところで、昼休み終了の鐘が鳴る。

「ちょ……、カズシってばっ」

使わない備品や不要物の倉庫と化している教室の片隅、丸めて捨て置かれた暗幕の上に軽く突き飛ばされて、仁射那は埃だらけの布地にどすんと尻餅をついた。

「……なんか、めちゃめちゃにしてやりたい」

すぐに四つん這いでのしかかってきた和史が、真顔のまま不穏な台詞を口走る。

「カズシ？」

カーテン越しの白い日差しが、余裕のない顔つきをはっきりと照らし出していた。

淡白な顔立ちがいまは、すっかり焦燥の色で塗り潰されている。

「お好きにどうぞとは言えないんだけど、それ……」

困惑しながらも明瞭に発した仁射那の声音でようやく我に返ったように、和史がわずかに目を瞠《みは》った。こちらを真っ直ぐに射止めていた視線が急速に覇気を失って翳る。

「めちゃめちゃなのは、俺か」

そう零すなり、和史が叱られた犬のように深く首を垂れた。

（わ、めずらしい）

組み敷かれているせいで俯こうとも丸見えなその表情に、仁射那は知らず目を丸くしていた。

こんなにも弱った顔の和史は、あの日以来なんじゃないかと思う。挿入に失敗して、予想外にへこんでいた、あの年末以来――。

苦しげによった眉に、失墜した艶《つや》のない眼差し。ほんのわずか歪んだ唇や、潤んで見える眦《まなじり》はどこか頼りなげにも見えた。

（なんか、ちょっと可愛いかも……）

項垂《うなだ》れた黒髪にそっと指先を絡めながら、胸のどこかがキュンと竦むのを感じる。

「こういうカズシ、新鮮」

和史らしくない支離滅裂さに思わず表情を緩めると、ちょっと怒ったような顔でいきなり口づけられた。

「んっ」

ぶつかるように一度唇を合わせてから、今度はゆっくりと探るように重ねられる。

「――…、ぅ……ン」

いままでに何度も交わしたキスとは少し違う、激しくはないけれど思いを籠めるようなゆっくりとしたキス。

（ああ、俺、思われてるんだなぁ……）

和史にしては破格に甘い口づけに、仁射那は次第に意識が溶かされていくのを感じた。

本校舎や校庭からは離れているせいで、授業の騒音もここまでは届かない。

耳を澄ませば、和史の鼓動までも聞こえてきそうな静寂の中で、仁射那は密やかな吐息を零した。

「ン……ァ、――…」

濡れた音を立てて口内を探り合いながら、和史がおもむろに指を絡めてくる。

燃えるような指の熱さに、仁射那は軽い眩暈《めまい》を起こした。途端にまた胸のあちこちが竦んで、快感が何倍にも膨れ上がる。

和史と付き合うようになったら、こんなキスを交わすようになるのだろうか。

実感は湧かないけれど。

（でも、悪くない気がする）

そんなことを思いながら、緩慢なキスに溺れていたのは数分程度――。

そのあとはただの雑談で放課後までの時間をすごした。恐らくは、柄じゃないキスに和史も内心は照れていたのだろう。内容だけならいつもと変わらない、友人同士の会話だったけれど。

手だけは最後まで繋いだまま、そこだけはまるで恋人同士のようだった――。

3

翌朝、家を出ると昨日の再現のように壁からはみ出ている後頭部が見えた。

だが昨日とは、色合いと面積とが大きく違う。壁から数センチ程度覗いている柔らかな茶髪は、明らかにもう一人の親友のものだ。

「おはよ、アユ」

昨日よりも少しだけ肌寒い外気が首筋を撫でていく。

巻いていたショールを入念に直しながら、仁射那はたたたっと門扉までの短い道程を駆け抜けた。

「おはようニーナ。喋るの一日ぶりだね」

「ホント、カズシのせいでね」

「昨日のあいつは見ものだったよ。本人も戸惑ってたみたいだけど……あ、そこ寝癖」

肩を並べて歩き出しながら、歩が自身の前髪を「このへん」と指し示してみせる。

えっ、と慌てて前髪に触れたところで、

「なんてね」

歩が満面の笑みを浮かべた。

（まったくもう……）

歩のつく嘘は、壮大なものから些細なものまで多種多様に及ぶ。こういった他愛ない嘘に毎度引っかかる仁射那の反応は、どうも歩の娯楽と位置づけられている節があった。

「ニーナって驚くと、どんぐり眼《まなこ》になるよね。びっくりしたリスみたいで可愛い」

「……あっそ」

今日も今日とて引っかかった不覚を嘆きながら、仁射那は携帯に目を落とした。

歩も和史と同じく電車通学者だ。それも途中で私鉄から乗り換えるので、昨日の和史よりもさらに早く家を出たことだろう。

「もしかして二人とも、今週はずっと迎えにくる気でいる？」

「俺はそのつもりでいるよ。放課後は生徒会だし、それ以降は会えない決まりだしね」

「あ、そっか」

昨日、和史にも聞かされたことなのだが、二人が制定したルールの中には「放課後は接触禁止」というものがあるらしい。理由は公正を期すため——。

部活後に解放される和史と違い、歩は生徒会のあとにも週三で予備校に足を運んでいる。放課後までを有効範囲にすると、和史の方が有利になってしまうというわけだ。

「少しでもニーナと一緒にいるためには、朝のこの時間はすごく貴重だよ」

「でもアユの場合、かなり早起きになっちゃうんじゃない？　つらくない？」

「大丈夫。ニーナのためなら、俺はどんな苦労だって厭わない覚悟だよ」

隙のない笑顔でそんなふうに言われると、

（本当かなぁ……）

とつい疑念を持ってしまうのだが、こちらの猜疑《さいぎ》を見透かしたように、歩が少しだけ笑みに苦味を織り交ぜた。

「やれやれ。真実なのに、信じてもらえないのは悲しいなぁ……」

「だって日頃の行いが、さ」

「ひどいね、ニーナ。俺、君にはほとんど嘘ついたことないのにな」

「って、それがすでに嘘」

でなければさっきのやり取りは何だったのかという話だ。

そう指摘すると、歩はやれやれといった仕草で首を振ってみせた。

「あーいうのは嘘じゃなくて、冗談っていうんだよ。嘘っていうのは――……ところで、どうして首を隠してるの？」

「え？　べ、べつに隠してないよ？」

「はい、それが嘘」

さっと伸びてきた歩の手が、ショールの保護を引っ張って首筋を露にする。

「また派手にやられたね」

「……ん」

昨日、和史に残された噛み痕を目にするなり、歩は苦笑と感嘆とを同時に浮かべた。

「さすがカズシ、獣じみてる」

「昨日はまだ、制服で隠せたんだけどね……」

今朝になって見てみたら、思った以上に内出血の範囲が広がっていたのだ。幸い痛みはほとんどないのだが、見た目が派手なので衆目にはできるだけ晒《さら》したくない。

「おかげで家でもこれ、巻きっ放し」

「でも、授業中は無理でしょ。学校着いたら一緒に保健室いこうか」

大判の絆創膏なら隠せると思うよ、という歩の言葉に、仁射那は安堵の息を漏らした。

何しろ今日は体育があるのだ。

「よかった、どうしようかと思ってた」

「カズシは後先考えないからなぁ」

ホントだよと相槌を打ってから、しばし雑談に花を咲かせる。

(それにしても……)

歩には頻繁に先ほどのような軽口を聞かされているので、なんだか求愛されているという実感があまり湧いてこない。

「そういえば今日の数学、抜き打ちテストがあるらしいよ」

「ウッソ、まじで!?」

「うん、これは本当。だから昼休みは予習にあてた方が無難だと思う」

いつもと変わらない会話に加えて、歩のまとう雰囲気も通常どおり——。

そのあまりに日常と変わらない空気感に、仁射那は何となく拍子抜けした気分を味わっていた。ともすれば一昨日の話だって、歩の言い分だけは冗談だったのではという気がしてくるほどだ。

和史の照れ隠しやがむしゃらな支離滅裂さが印象的だった分、歩の平静な態度はどう受け止めていいのか、逆に悩む。

(アユはどういう気でいるのかな)

少なくとも好かれているのは事実だ、と思う。

猫被りのうまい歩の、計算高い本性を知る者は本当に少ない。周囲には隠しているその一面を、明かしてくれているだけでも信頼や好意は感じるけれど。

(でも……)

仁射那や和史、本橋に対しても歩はさらりと上手に嘘をつく。これまでにも何度も謀られているせいで、歩の言うことはどうも素直に聞けない癖がついているのだ。

児童公園の木立ちを抜けたところで、和史の手の感触がふいに甦る。和史がぶつけてくれたほどの熱情が、はたして歩の中にもあるのだろうか?

「あのさ」

歩調を合わせてくれる歩の表情を窺いながら、仁射那は昨日と同じ質問を口にした。

「アユは俺のどこが好きなわけ？」

脈絡なくぶつけた突然の問いにも、歩は動じず口角を緩ませる。

「カズシは何て？」

「勃ったんだから仕方ないだろって。あと、獲物っぽいとこが好きかもって言われた」

「うわ。言うことまで獣なんだから」

噴水のさらさらとした水音に、歩の楽しげな笑い声が被さった。

「でも、俺も似たようなものかな」

「え？」

「ニーナ見てると可愛すぎて、どうにかしたくなるんだよね」

風に揺れる木々のざわめきに呼応するかのごとく、歌うように続いた歩の言葉に仁射那は反射的に小首を傾げていた。

「どうにか、って？」

「自分でもわかんないんだけど。際限なく泣かせてみたいし、追い詰めてみたい」

「何それ」

「あとは、フツウに飼ってみたいかなぁ」

「飼うの？」

「そう。首輪つけて可愛がってあげる」

「……変態だね」

「ありがとう」

そう言っていつものように、歩が鮮やかな微笑みを浮かべる。

（アユはいつも笑ってるからなぁ……）

どこまでが本気なのか、傍からはひどくわかりにくい。

「じゃあ、俺がアユを選んだら、アユは俺を飼う気でいるの？」

「それも視野に入れたいところだね。でも安心して。ニーナが嫌がることはしないから」

「ホントに？」

「うん。――まあ、調教次第ではニーナの許容範囲も広がると思うから、何でもイエスって言うかもしれないけど」

「……アユ？」

「いまのは冗談」

「アユっ」

嘘と冗談の違い、わかったでしょ？　などと話を雑ぜ返す歩に不審の眼差しを注ぎながら、仁射那は淡い溜め息を吐き出した。

（まったくもう……）

何が本当で、どこまでが冗談なのか――。

見えないその境界線に小さな苛立ちを覚えながら、仁射那はけっきょく月曜と同じ質問を蒸し返すことにした。

「アユは俺のこと、本っ当に好きなの？」

またその話、と苦笑されるのは覚悟のうえだ。ひどいね、まだ疑う気なんだ？　と、きっと笑いながら返されることだろう。

「ひどいね、まだ疑うの？」

（あ、ビンゴ）

予測どおりの台詞を口にしながら、歩がふっと伏し目がちになる。

口元にはこちらも、予想してたとおりの苦い笑み。長い睫がはたはたっと軽く上下した。

「何度も疑われるのはさすがにつらいなぁ」

そう嘆く台詞とは裏腹に口調も表情もいたって通常モードのまま、歩がひょいと視線を持ち上げる。

「こんなに大好きなのに、いったいどうすれば信じてくれるのかな」

目が合うなり、また瞬きがくり返された。

上下する睫の隙間から、穏やかな眼差しがじっとこちらを見据えている。

「それともニーナは、俺に好かれたくない理由があるとか」

「まさか。そうじゃないけど……」

「けど？」

ほんの少しだけ淡くなった笑みと。

音を立てそうなほど長く揃った睫が、パチリと閉じてはまた開かれる。

（あ、また瞬き）

「アユの本気はわかりにくいからさ、目に見える確証が欲しいなって……」

「確証、ねえ。ニーナはどうすれば人の気持ちを量れると思う？」

そう反問しながらまた緩やかに揺れる睫に、仁射那は気づいたら釘づけになっていた。

（もしかしてこれ、境界線？）

「――好きって言って」

「え？」

「俺のこと、好きって言ってみて。もうありったけの思いを籠めて！」

突然の要請に少しだけ目を丸くしながらも、歩が穏やかな笑みで口元を彩る。

「好きだよ、ニーナ」

長い睫がゆっくりと宙でスウィングした。

大好きと、世界でいちばん大事、の間にさらに二回。

好きすぎて怖いくらいだよ、までの間でトータル七回――。

不自然なほどくり返されるその癖に、恐らく本人は気づいていないのだろう。

「じゃ、次は何でもいいから嘘ついてみて」

「嘘？　んー、本当はカズシが大好き」

今度は微動だにしない睫に、仁射那は思わず吹き出しそうになった。

（これってやっぱり、そうかな？）

ふと以前にした会話を思い出す。どんな土壇場でもすらすらと口八丁を披露する歩に、極意はあるのかとそう訊ねたら、あっさり「ないよ」と言われたのだ。

『考える前に口が喋ってるんだよね。天性の才能かな？　むしろ、嘘じゃないときの方が困るよ』

『なんで？』

『だって言葉を選ばなきゃいけないでしょ』

本心ではない言葉ばかりを紡《つむ》ぐことに慣れた思考は、いざ本音を語ろうとすると、小さな弊害を生むのだという。

『本当の気持ちを正しく言葉に変換するのって、実は難しいことだと思わない？』

淡く微笑んでいた歩の表情までが脳裏にフラッシュバックする。

『だから、どの言葉がいちばん適してて伝わるのかなって、すごく考えるんだ』

そのときはそれすらも口八丁だと思っていたのだが、もしかしたらあれは本当だったのかもしれないと思う。だって、あのときも。

（たくさん瞬いてた）

いつかの記憶が歩の微笑と睫の揺れとを、正確に脳裏で再現する。

あくまでも仮説でしかないが、言葉を選《よ》る際に頻発させてしまうのがこの癖なのだとしたら？

注意を凝らしていないと、見落としてしまいそうなサインだけれど。

「俺のこと好き？」

「好きだよ。——言うほどに信じてくれるんなら何度でも言うよ」

覚えかけの詩を諳《そら》んじるように、歩が思案げな面持ちで愛の言葉をくり返す。瞬きをゆったりと重ねながら同じく重ねられる言葉に、仁射那は目を細めて聞き入った。

「なんか、ようやく実感湧いてきた」

「本当？　言った甲斐があるね」

そう言って笑う表情もいつもと変わらず余裕に充ちているけれど、またふわりと睫が揺れる。

「いま、ドキドキしてる？」

出口に続く並木道を歩きながら、仁射那は隣を歩く体にそっと手を伸ばした。

学ランに包まれた左胸に掌を押しあてる。

「もちろん」

その言葉を裏づけるように、衣服の上からでもわかる鼓動がしっかりと伝わってくる。

(ちゃんと、ドキドキしてる)

胸の奥がきゅう……っと竦んだ気がした。

早鐘のような鼓動に釣られるようにして、トクトクと自身の鼓動までが高まっていくのを感じる。

俯きがちに拍動を数えていると、

「大好きだよ、ニーナ」

和史とは違う、ひんやりとした指がすいっと頤《おとがい》をすくい上げてきた。

真摯《しんし》な眼差しと緩やかな瞬きとが近づいてくる。

「ん……」

わずかに首を傾げてキスを受け入れると、仁射那は静かに目を閉じた。

穏やかで優しいキスに充たされながら、気持ちまでもが充実していくのを感じる。

（誰かに思われるのって、こんなに気持ちいいんだ……）

和史に負けないくらいの恋慕と情熱が歩の中にも息づいているのを感じて、仁射那は心地よい酩酊感に包まれた。

「ン…ぁ、……ふ」

互いの口内を舐め合うようなキスにしばしの間酔いしれてから。

二人は遅刻ぎりぎりで校門を潜った――。


その後、保健室で絆創膏をもらい、教室に滑り込んだのが始業の鐘が鳴る数分前。

（あれ、カズシいなくない？）

ほどなくして担任が現れ、出欠を取りはじめた。

見慣れた長身はなかなか教室に現れない。やがて和史の名前が呼ばれるも、どこからも応答はなかった。担任は一度だけ顔を上げると、何かに納得したようにすぐ次の番号を呼んだ。特に言及しないところをみると、すでに遅刻か欠席の報《しらせ》でも入っているのだろうか？

（めずらしい、あいつがいないなんて）

左手前方にいつも座っていた長身の影がない。

ただそれだけで、仁射那は妙な違和感とそれから一抹の寂しさとを感じていた。

昨日あれだけそばにいたせいもあるのだろう。たった一日で和史の姿を捜すのが習慣になりつつあったので、なんだか少し落ち着かない気がした。

「カズシ、遅刻かなぁ」

早めにHRを切り上げた担任が姿を消すなり、あちこちではじまった雑談が虫の羽音のような雑音《ノイズ》で室内を充たす。

「アユ、なんか知ってる？」

空席に目を留めてから真後ろを振り返ると、歩が意外なことでも聞いたように「え？」と首を傾げるところだった。

「もしかして聞いてないの？　バスケ部は今日、他校で練習試合があるんだよ」

「え、そうなの？」

「うん。――もっとも昨日の朝練サボったせいで、スタメンからは外されたみたいだけど。部員は漏れなく強制連行って聞いてるよ」

「あ、もしかしてそれで……」

「そ。だからカズシに先攻、譲ったんだよ」

(なるほどなぁ)

昨日の執着具合の理由が、ほんの少しだけわかった気がした。それから歩があの有様を、笑って静観していた理由も――。

「だからアユ、昨日はぜんぜん助けてくれなかったんだね……」

「うん。勝負は公平で然るべきだ、ってカズシがうるさかったからね」

自分の不在ではからずも一日独占権を得た歩に、和史も同じく独占権を主張したのだろう。

そのせいで昨日はどこへいくにもお供させられたうえ、あんなスキンシップを強いられたというわけだ。歩にいくらSOSを送っても、応えてもらえないはずである。

「おかげでたいへんだったよー……」

「じゃあ、今日もたいへんかもよ？　文字どおり今日のニーナは一日中、俺だけのモノなんだからね。わかってる？」

耳元にコソリと囁かれて、なぜか頬が熱くなってしまう。

その余波で赤く染まった耳朶《じだ》に、ふうっと息を吹きかけられて、

「ん……っ」

仁射那はピクンと顎先を揺らした。

そこで一時限目担当の英語教師が「グッモーニン」と朗らかに入ってくる。

「――……ッ」

周囲の意識が教壇に集まった隙を逃さず、歩が仁射那のウィークポイントを後ろから正確になぞり上げてきた。

「……っ、ン……っ」

「エライ。よく声、我慢したね」

冷たい指先で耳の裏をくすぐりながら、

「昨日の午後――二人でどこで何してたのか、あとでゆっくり教えてね」

同じことしてあげるから、とダメ押しのように耳元に吹き込まれて、仁射那は赤面したまま英語の授業を受けるはめになった。

(――それにしても)

宙を泳いだ視線が、気づけば無意識のうちに左手前方に吸いよせられてしまう。

ああ、まただ……と思いながら黒板に目を戻すのも、これで何度目になるだろう？　和史につけられた悪癖を、仁射那はその後の数時間でいやというほど思い知らされた。

昨日と似たような時間割だったこともあり、気がつけば視界に和史の姿を捜してしまうのだ。

だが、言うなればそれはただの名残り。不在の席を見るたびに味わう一抹の心細さも、一秒後には忘れてしまうような些細な感慨でしかなかった。四時限目の開始頃には、ほとんどその癖も抜けかけていたと思う。——けれど、その余波は思わぬところに及んでいたのだ。

「カズシなら放課後までには帰ってくるよ」

「え？」

昼休みになって赴いた食堂で、妙に沈んだ顔の歩からそんな台詞を聞かされて、仁射那はきょとんと目を丸くした。どうやらこちらの挙動を背後から見守っていた歩には、和史の帰りを心待ちにしているように映ったらしい。

「六限の数学には間に合うかもって言ってたし。だからそんな顔しないで」

（そんな顔？）

食堂の隅のテーブルで歩と向き合いながら、仁射那はどんぐり眼のまま首を傾げた。

「アユ？」

どこか痛そうな儚《はかな》い笑みは、ほとんど初めて見る表情だった。

「……アユの方がそんな顔してるよ？」

仁射那の言葉に今度はいつもの苦笑を浮かべながら、歩が「んー、参ったな」と肩を竦めてみせる。

「だってニーナの目、ずっとカズシを捜してるんだもん。後ろで見ててすごく妬《や》けた」

窓からの陽光に光る睫が、ゆるゆると上下をくり返した。

「いまそばにいるのは俺なのにって、午前中いっぱい、ずっと思ってたよ」

「そんなの……」

「いまだってどこか寂しそうな、人待ち顔してたんだよ。自分じゃ気づいてないんだね」

べつに和史を待ってたわけじゃないと慌てて否定するも、歩の表情は晴れない。

けれどその落ち込んでいるらしい表情に、仁射那は不謹慎ながらも、

(スゴイ、歩の思いが目に見える……！)

いままでにない胸の高鳴りを覚えていた。

不安定な淡い微笑みは、ともすると涙の前兆にも見える。

瞬きの法則に加えて、これほど弱気な歩を見るのは初めてだった。

「アユ……」

らしくない言動が何よりも内心の葛藤を物語っているようで、思われている実感にまた胸が竦む。

「——あのね、ニーナ」

「う、うん……」

いまこの瞬間も、きっと本心を正しく変換することに専念しているのだろう。くり返される瞬きに
うっかり見惚れていると、歩がふっと口角から力を抜いた。

「答えが決まってるんなら、最終日まで待つことないからね」

「え？」

裏庭に遠い眼差しを投げかけながら、歩の微笑みがまた淡さと痛みを帯びて静かに翳りはじめる。

「俺は君が選んだ答えなら、どんなものでも歓迎するよ。だから本当のことを言っていいんだよ」

蝶の翅《はね》のように睫が振れた。

「俺に悪いとかも思わなくていいし。ニーナがしたいようにしてくれるのが、俺のいちばんの望みなんだから、ね」

「アユ……？」

言われた言葉を数秒かけて反芻してから、緩んでいた表情を引き締める。

歩は、ひどく先走った答えを想定しているらしい。まだはじまって二日目だというのに、性急な結論に眉を顰めると、仁射那は無意識に声を低めていた。

「――それって、アユはもう俺のことといらないってこと？」

己の気持ちを押し殺してでも、こちらの意思を尊重しようとしてくれる歩の心持ちは嬉しいと思う。そんなふうに思ってくれていたのかと、胸の片隅が温もりもするけれど。でも。

同時に、冷や水も浴びせてくれる。

「もう、俺なんか欲しくないってこと？　アユの好きって、そんなに簡単に諦められるような気持ちだったの？」

自分の声に、苛立ちと悲嘆がどんどん混じっていくのを感じる。

「ニーナ……？」

驚いたようにこちらを見つめながら、歩が無言の瞬きをくり返した。

「確かにカズシのこと、無意識に捜してたかもだけど、あんなのただの習慣っていうか……っ」

昨日の癖が抜けなかっただけで他意はないのだと静かに訴えると、歩が数拍おいてからさっきよりも華やいだ笑みを浮かべた。

「じゃあ、そういうことにしておこうか」

(……何、それ)

この期《ご》に及んでまだそんなことを言う歩に、今度はどっと憤りが湧いてくる。

宣戦布告を受けた月曜からこっち、自分はずっとつきつけられた事実と真面目に向き合ってきたというのに、早まった答えですべてを投げ出そうというのだろうか!?

(——そんなの)

「勝手すぎるよ……ッ」

気づいたら、ホロリと涙が零れていた。

「え、ニーナ……っ?」

目を瞠って立ち上がろうとする歩を、首を振って制する。

歩の独り善がりな思いやりを、ここぞとばかり追及したいのに、

「……ッ、ひ…っ」

言葉を綴ろうにもしゃくり上げに邪魔されてしまい、声にもならない。子供のように泣きじゃくり

ながら、仁射那は歩の差し出したハンカチに顔を埋めた。

「ニーナ……」

自分では止めようのない、胸に吹き荒れる感情の渦を吐き出すようにひたすら泣き続ける。悲しいというよりも、ただひたすらに悔しかった。歩に、簡単に諦められたことが。

「──体育、サボっちゃおうか」

昼休みが終わっても涙を止められず、とても授業どころではなくなってしまった仁射那を歩は生徒会準備室に招いてくれた。

部屋の隅に安置されたソファーを勧められて、しばしまたハンカチで顔を覆う。しばらくして顔を上げると、目の前のテーブルに湯気の立つマグカップが置かれていた。

(さすがに、ちょっと気まずいかも……)

泣いて一段落したせいか、意識が主観モードから徐々に客観モードに切り替わりつつある。食堂なんて人目のあるところで、やらかしてしまったことが恥ずかしい。

(でも……)

自分の主張は曲げられないと改めて思う。

ぐす……と洟を啜りながら、カップの中身に口をつける。絶妙なバランスで仕上げられた甘いミルクティーは、仁射那の好みを熟知した歩ならではの一品だった。

先ほどの発言にしろ、歩の気遣いが自分を案じてくれての結果だということは重々わかっている。

でも、そうじゃなくて。

（もっと本気で欲しがられたい）

そう思ってしまうのは、自分のワガママなのだろうか。気遣いなんていらないから、もっと全力でぶつかって欲しい。

「あのね、アユ……」

自分が泣き止むまで、少し離れた一人がけのソファーで待っていてくれた歩に声をかける。すっかり鼻声になった仁射那の言葉に、歩は「うん」と応えてから首を傾けた。

「答えなんてまだ出てないから」

「——うん」

「どうなるかなんて俺にもわからないけど、勝手に答えを先取りしないでよ。ちゃんと待ってて欲しいんだ」

「うん。ごめんねニーナ」

「ワガママかもしれないけど、ちゃんと欲しがって。俺のこと簡単に諦めないでよ」

無言で席を立った歩が、ゆっくりとこちらに近づいてくる。

その乾いた足音を聞きながら、仁射那は再びハンカチに顔を埋めた。今度は涙を拭くためではなく、羞恥に染まった表情を隠すために。

「だから……ちゃんと口説いて」

自分からそんなことを言う恥ずかしさに頬を紅潮させながら、仁射那は二人分の体重でソファーが軋むのを聞いた。

「——じゃあ、教えてくれる？　昨日は二人で、どこで何をしてたの」

歩が隣に座ったせいで、ほんの少しだけ重心が左にずれる。傾いた肩にトンと歩の体が触れて、仁射那はいまさらのように心臓が騒ぎ出すのを感じた。

「き、昨日は北棟の空き教室にいて……キスしながら手を、繋いで……」

「それから？」

「あとはただ話してた、放課後までずっと……」

「本当に？」

大きく頷いた仁射那の横で、歩が軽く息を漏らす。

なんだ……と、気が抜けたような呟きまでが吐息交じりに聞こえた。

「——カズシ、約束守ったんだね」

「え？」

「ちょっと意外、かな」

何の話かと顔を上げようとしたところで、冷えた指が顎のラインをたどってくる。

「じゃあ、同じことしてもいい？」

躊躇《ためら》いながらも頷いた仁射那の頬をひんやりとした掌が包み込んだ。ハンカチを外されて、まずは濡れた目元に口づけられる。

「ニーナ、真っ赤になってる」

「……っ」

「恥ずかしい？　耳まで赤いよ。可愛い」

(だー、もう……っ)

間近で観察されるのがいやで、歩の首に腕を回すと仁射那は自らキスを仕掛けた。

「……っ、ンッ、ん……」

キスの合間に伸びてきた手が、首に絡めていた手をそっと引き剝がす。両手の五指を絡め合いながら、仁射那は凍えそうな指の冷たさにゾクリ……と背筋を震わせた。だが。

「っ、ぁ……、ぅん……」

キスを続けるうちに、氷のようだった歩の指先が少しずつ温かくなっていく。口移しの熱が歩を変えていく過程を、仁射那はうっとりとした心地のまま感じていた。

(キスってこんなに気持ちよかったっけ……)

昨日の和史のキスとも、今朝の公園のキスとも違う、甘い恍惚感に包まれながら、ただひたすらに口内の熱を貪り合う——。

「ニーナ、大丈夫？」

ふと気がついたら、仁射那は手を繋いだままぼんやりとソファーに背を預けていた。

「あ、れ……？」

いつキスが終わったんだろうと思い返すも、ふわふわした記憶は取り留めがない。

「そんなに気持ちよかった？」

「う、うん……」

「あはは、正直」

意識の飛んでいたらしい自分を覗き込んでいた歩の顔が、ふっと柔らかい微笑に彩られた。

よかった……と細く息をついてから、歩も同じようにしてソファーに深く身を預ける。正面の窓から見える昼下がりの空に揃って目を留める。

繋いだ手のじんわりとした温かさがやけに心地よかった。

「いまさらだけど、さ」

「何？」

「サボりにここ、使ってよかったの……？」

「ああ」

生徒会役員だからといって、私用で準備室を使う特権が与えられているとは思えない。今週は鍵当番でね、その役得みたいなものだよ、とこちらに向けて笑ってから、歩はふと表情を改めた。

「もちろんよくはないけど、でもね」

「でも……？」

「俺にとっては、それどころじゃない一大事だったから」

派手に泣いたせいで赤く腫れた目元を、手を繋いだままの歩の指がそっと撫でる。

「あんなふうに泣くくらいには俺のこと好きって、思っていいのかな」

「……わかんない」

自分でもどうしてあそこまで泣いてしまったのか、正確なところはよくわからない。ただ悔しくて、気づいたら涙が溢れていた。

「さっき言ったことも嘘じゃないよ。仁射那は心のままに答えを出せばいい。――俺も逃げないで、ちゃんと受け止めるから」

上体を起こした歩が、触れるだけのキスをくれる。

それを享受してから目を開けると、妙に考え深げな表情がすぐ間近でこちらを見つめていた。

「……ちょっと揺さぶるだけのつもりだったのにね。ニーナの行動は予測不能だよ」

「え？」

「結果オーライだからいいんだけど。――いや、むしろそれ以上の結果かな」

「アユ……？」

「あ、誕生日プレゼント何がいい？」

会話の流れがわからないまま追加された話題に、仁射那はきょとんと目を丸くした。

「週末までに用意しておくから。できれば金曜までにリクエストしてね」

「でも俺の誕生日、来週末……」

「もちろん知ってるよ。でも」

そこで一度言葉を区切ってから、元のように背もたれに身を預けた歩が、繋いだ手にきゅっと力を籠めてきた。

「――仮定の話だけど、ニーナがカズシを選んだら、俺はもう友達でもいられなくなるからね。渡せるうちに、と思って」

「え……？」

思いがけない言葉が耳に刺さって、仁射那は激しく胸が軋むのを感じた。

さっきまでのときめきや愛しさとはまったく違う、不穏な焦燥感にドクドクと心臓が生々しい音を立てる。

（友達でも、いられなくなる？）

重力が反転したような心地に襲われて、繋いだ手が急に汗ばんだ気がした。

「前みたいには戻れないってこと……？」

かすれた問いに隣で頷く気配。どうして、と重ねて訊ねたいのに言葉がそれ以上続かなくて――。

唇を噛んで黙り込んでいると、歩がまた手元に力を籠めてきた。

「友達のスタンスにはもう戻れないよ。いままでどおりじゃいられないんだ」

（そ、んな……）

このゲームの結末が三つしかないことを、浅はかにも自分はいま理解したのだ。二人が独占を望む以上、和史を選んで歩と切れるか、歩を選んで和史と切れるか。二人ともにサヨナラを告げるか——。

「だから、結末はよく考えて決めてね」

念を押すようにそう囁いた歩が、ふっと指先に籠めていた力を抜く。

——それから何か言われた気がするも、映像だけが頭に残っていて会話の方の記憶はない。

いつ生徒会準備室を出たのかも、定かではないけれど六時限目の数学は教室で受けたような気がする。左前方に和史の背中があって、ああ帰ってきたんだ、と思った。それ以降の記憶はさらに判然としない。

気がついたら家に帰っていて、めずらしく早く帰宅した母親と祖母と三人で食卓を囲んだ。上辺だけの笑顔で取り繕いながら、母親の話にひたすら相槌を打つ。その間も、

『いままでどおりじゃいられない』

揺るぎない事実を告げるように断言した歩の言葉だけが、何度も脳裏をめぐっていた。

はたして、本当にそうなんだろうか？

何度考えても、仁射那にはその結末の妥当性が理解できなかった。

（カズシと切れるか、アユと切れるか）

はたまた、二人ともに別れを告げるか。そのどれも仁射那の望む結末ではない。

夕飯を終えて風呂に入り、明日の支度を済ませ布団に潜り込んでからも、仁射那はひたすら考え続けていた。

自分の中で唯一はっきりしているのは、二人ともが大事な存在だということ。

あまりにもそれがあたり前すぎて、二人を失う可能性など最初から考えてもいなかったほどだ。

歩には「よく考えて決めてね」と言われたけれど、自分にはどの結末も選べやしない。

二人とも同じくらい大事で、失くしたくないのに……。そう念じながら眠ったせいか、夢の中でも悩み続けていたことに気づいたのは翌朝、目が覚めてからだった。

4

一昨日とまったく同じように塀にもたれながら待っていた和史に、仁射那は息を弾ませながら「おはよっ」と声をかけた。

「ちょっと寝坊しちゃった。走るべき？」

昨夜なかなか寝つけなかったせいで、今朝はいつもより二十分も遅い目覚めになってしまったのだ。引っかけるように制服を着て、鞄だけを手に飛び出してきた仁射那に、

「……うっす」

何とも言えない視線を注ぐなり、和史は駆け出そうとしていた制服の襟首にひょいと手をかけてきた。さながら母猫に運ばれる子猫のように首筋を持ち上げられる。

ニャア、とためしに口にしてみると、

「どこの猫だよ」

と、和史がようやく表情を緩めた。

「この時間なら歩いても遅刻しねーよ」

確かに朝食の時間を省いたおかげで、時間的にはいつも家を出る時間とそう大差ない。和史の歩調に合わせながら、仁射那はまた表情の消えていく横顔を見守った。

（どうか、したのかな……）

何か言いたげにしながらも、和史はなかなか口を開かない。

固く引き結ばれていた唇がようやく緩んだのは、児童公園に入ってからだった。

「――アユに、何か言われたのか」

「え？」

一昨日と同じように、今日も公園に入るなり手を繋がれた。

人気のない緑道を二人きりで歩きながら、和史が前を向いたまま声を絞る。

「おまえ、昨日変だったじゃねーか。話しかけても上の空だし、六限のテストも数学なのに、英単語で解答欄埋めてたぞ」

「え、うっそ……!?」

「まじで。提出んとき、チラッと見えた」

六時限目の記憶はほとんどないので、和史の証言が確かなら結果は見えたものだ。

「うーわ、呼び出されたらどうしよ……ただでさえ俺、数学苦手なのに」

「焦点はそこか？」

「え、わっ、痛いってば……！」

ボケているつもりはなかったのだが、和史には話をはぐらかそうとしているように見えたのだろう。

かなりの本気で手を握られて、仁射那はあえなく白旗を振った。

「べつにアユのせいじゃないよ」

「ホントかよ。食堂であいつに泣かされてたって話も聞いたぞ」

「あ、それはガチ。でも、それとは無関係なんだよね」

「どういうことだよ」

意味がわからないといった顔で眉を顰める和史に、仁射那は「あのさ」と用意してきた言葉を早速ぶつけてみることにした。

「俺がアユを選んだら、カズシも俺から離れてくの？　友達ではいてくれない？」

「あたり前だろ。フられてんのに友達に戻れるわけねーだろうが」

「――やっぱり、カズシもそうなんだ」

どうやら二人にとってはそれが当然の「結末」らしい。納得していないのは自分だけ、ということだ。昨夜ひと晩考えて、夢の中でまで悩んでいたというのに答えはコレしか出なかった。

自分はどの結末も容認できないということ。

(どっちとも離れたくない)

やはりどうあっても、どちらか一人を選ぶなんてできそうにない。

ましてや二人ともを失くすなんて、論外だった。

「じゃあさ、俺がどっちも選ばなかったら友達に戻ってくれる？」

「選ばなかったら？　それも無理だろ」

「なんで？」

「……あのな、俺はおまえとダチでいたいわけじゃねーんだよ」

「え？」

瞠目した仁射那に、和史が苦いものでも飲み込むように顔を顰めながらあとを続ける。

「気がつく前ならダチでいられたけどな。こうなっちまった以上、フられたらどっちにしろ離れる気でいるよ」

「俺がそばにいて欲しいって言っても？」

「おまえな……」

物々しい溜め息をついてから、和史が仁射那の手を自身の胸に引きよせる。

気がついたら、きつく抱き締められていた。

「この際はっきり言っとくけどな、ダチのおまえはいらねーんだよ。俺にいて欲しいんなら、いますぐ俺を選べ」

（カズシ……）

息もつけないほどの強さで抱き竦められながら、仁射那はぶつけられた和史の思いに胸が熱くなるのを感じた。友達としての自分は求めていないと明言されているのに、なぜか嬉しくて仕方なかった。

こんなに求められているのかと思うだけで、快い緊張と恍惚が胸を支配する。

「死ぬほどおまえが好きなんだよ」

「――うん」

（たぶん、俺も……）

和史のことが好きなんだろうと思う。

友情と恋愛のボーダーラインがどこにあったのかはわからないが、和史がかけがえのない存在なのは確かだ。

どうあっても手放したくないくらいに。

（でも――）

「……どうしても、選ばなきゃだめなのかな」

ぼそりと零した呟きに、和史が腕の力をさらに強くする。

「選べよ、俺を。あいつじゃなく」

かすれた囁きが耳に触れる。

昨日から貼ったままの絆創膏に口づけると、和史は愛しむように何度も唇でなぞった。

「カズシ……」

和史の背に反射的に回しかけた手を、ゆっくりと戻して握り締める。

いまここで和史を抱き締め返すのは反則だろう。

和史を選べるほどの恋情がいつの間にか自分の胸にも息づいていたけれど、同じだけの切望が違う方向にも向いているのだ。

（ごめん、カズシ……）

けっきょくそれ以上何も言えなくて、抱き合ったまま公園でタイムリミットを迎えた。和史と二人揃って遅刻した仁射那に、歩も何か言いたげな表情を向けていたけれど、

『あいつに泣かされたのは事実なんだろ』

と、その日も仁射那は歩と言葉を交わすのを許されなかった。

翌日の金曜——。

家を出ると、今日は門の前に歩が立っていた。目が合うなり「おはよ」と手が振られる。いつもの道程で学校に向かいながら、仁射那はじっと歩の横顔を見つめた。

「何？　顔に穴あきそうなんだけど」

木々の隙間から差し込む陽光に、歩が眩《まぶ》しげに目を細めながら片手で庇《ひさし》を作る。急ごしらえの陰の中で、じっとこちらを見つめている瞳を仁射那も真っ直ぐに見返した。

「アユは俺がどっちも選ばなかったら、元の関係に戻ってもいいと思ってる？」

昨日和史にぶつけた質問をくり返しながら、息を詰めて答えを待つ。

「友達に？　無理じゃないかなぁ」

（ああ……）

緩やかな瞬きとともに返ってきた答えは半ば予測していたものとはいえ、仁射那は目に見えて肩を落とした。

「やっぱだめ……？」

「うん。だって俺が欲しいのは、その席じゃないからね」

歩が立てた人差し指で、トンと仁射那の胸をついてくる。

「席？」

「そう。俺はニーナの中にひとつだけある、特別な椅子に座りたいんだよ。――そこに座れるのは友達じゃないでしょ？」

「でも……」

「それに、たとえニーナが一人とも拒んだとしても、君の隣にはいられないんだよ」

「どうして？」

仁射那の純粋な反問に、歩はなぜか傷ついたように表情を翳らせた。

「――残酷だねニーナ。いつか誰かがそこに座るのを、隣で見てろっていうの？」

そんなの耐えられないよ、と吐息交じりに零しながら、もう何度目になるか知れない瞬きがさやさやと睫を揺らす。

「アユ……」

左胸が甘く痺れるのを感じながら、仁射那は抱きつきたい衝動をぐっと堪えた。

歩の表情が、このうえなく優しく綻ぶ。

「好きって気持ちの、最上級を表す言葉があればいいのにね。もっとも、それを百乗しても足りないくらいなんだけど」

瞬きの合間にゆっくりと継がれる言葉を聞きながら、仁射那はきつく唇を噛み締めた。

(こんなの、どうすればいいんだろう……)

和史を好きだと思う気持ちとは、また違うベクトルで歩を愛しいと思う気持ちが湧き上がってくる。

どちらかなんて、やはりとても選べない。

二人ともが欲しくて失くしたくないのに、それは許されないのだ。

「どちらかのモノじゃなきゃ、だめ……?」

震えた問いに歩が頷いてみせる。

「だって、俺はニーナを独占したいんだよ」

「でも……っ」

「――この話はここまで」

仁射那の唇に指を載せてから、歩は同じ指で自身の腕時計を軽く叩いた。

「遅刻しちゃう。いこう」

駆け足になった歩を追いかけて、並木道を走り抜ける。おかげで二日連続の遅刻は免れたものの、
話の続きははぐらかされてしまい、

(どうしよう……)

仁射那は途方に暮れたまま、放課後を迎えることになった。

「モトハシー…」

二人が課外活動に向かうのを見送ってから、仁射那は新聞部の部室を訪ねた。

「はいはい、例の件ね」

こちらの情けない顔を見るなり、本橋が奥の別室へと案内してくれる。聞けば部の会議などに使われる一室で、そこそこの防音が施されているのだという。

職員室からのお下がりらしいスチール机を間に挟んで、パイプ椅子に腰かける。

「しかしヒッデー顔だな」

「だって……」

「何、こじれちゃったわけ？」

わりと深刻な面持ちでそう訊ねられて、仁射那はここ数日に起きた出来事を、まとめて一気にぶちまけることにした。

最初の二日でそれぞれの思いを実感できたこと、その思いに胸が痺れたこと。

それからこのゲームの結末を自分だけがわかっていなかったこと——そのいずれも、自分の本意ではないことを強調する。

「それで、篁はどっちも好きかもって？」

「うん……」

最後に、二人ともに恋情を抱いてしまっているらしい自分の心境をつけ加える。

どこにラインがあって、いつそれを踏み越えたのか、正確なところは自分にもわからない。

もしかしたら体を繋げる以前から、恋の種は蒔《ま》かれていたのかもしれない。あるいは現時点ですら恋ではない可能性もある。でもどちらかと、または二人ともと離れなければならないと知ったときの衝撃ははてしなく大きかった。

（そんなの無理……）

二人と繋がっていられるんなら、恋でも友情でも何でもいいと思った。

いままでのように二人が隣にいてくれるんなら、どんな関係でも構わない――。この衝動をはたして何と呼ぶのか、仁射那にはよくわからない。

だが二人ともを望む仁射那の気持ちを、二人は許容しないだろう。

「どうしたらいいと思う……」

沈んだ面持ちで本橋を見つめながら、仁射那は重い溜め息をついた。なるほどな……と真剣な顔ですべてを聞き終えたところで、

「ってゆーか、ぶっ……ハハッ」

本橋はあろうことか、派手に吹き出して笑いはじめた。

「なんで笑うの!?」

「や、わりぃ。ってか、三人してそんなメロドラマやってるとは思わなくて……！」

机に顔を伏せながら、本橋が止まらない笑いにクックッと肩を揺らす。

（もしかして相談相手、間違ってる……？）

止まらない笑いに思わず心配になりかけたところで、本橋がようやく顔を上げた。

「ふあー……腹いてー」

「ちょっと、真剣に聞いてくれてる？」

「もちろんだよ。そうだなぁ……」

と言いつつ、またも吹き出しそうになった本橋の上履きを蹴りつけて牽制する。

「おっと、失敬」

「真剣に聞いてよ、必死なんだからっ」

笑いの余韻のようにまだ肩を揺らす本橋に、仁射那はきっと眼差しを眇めた。

「――必死ね。それ、いい言葉だよな」

そんなことを言いながら、本橋が気を取り直したように姿勢を正して机に転がっていたボールペンを手に取る。

「じゃーま、俺の見解ね」

指先で器用に回転するペン軸に目を留めていると、本橋がさっきまでとは違う穏やかな面持ちで淡々と言葉を紡ぎはじめた。

「つーかぶっちゃけさ、法律に則ってるわけでなし、筧が二人のルールに律儀に付き合うこたないんじゃねーの？」

「え？」

「契約書があるんならともかく、所詮は口約束だろ？　違反したところで、制約を受ける義務もないっつーわけだ」

「そうだけど……」

「俺は、筧も我をとおしていいと思うよ？　そもそも、あいつらの言い分自体がかなり強引でワガママなんだからさ」

（確かにね）

言われてみればそのとおりではあるのだが、しかしこのままではどう転んでも、二人は自分のそばを離れていってしまうのだ。

引き止めようにも、仁射那にはその手段が思い浮かばなかった。

「……もう友達じゃいられないって。たとえどちらも選ばなかったとしても、離れるつもりだって言われたよ」

「へーえ？　つーか、あいつらの主張は二の次、この際どうでもいいんだよ」

「え、いいの？」

「いいの。筧のいちばんの望みは何なわけ？　これまでの関係に戻ることじゃねーだろ」

「うん、でも……」

恋というにはあまりに常識外れで、執着と呼ぶには子供じみた、ただのワガママ――。

(二人ともが大好きで、二人とも独占したいなんて変じゃないのかな……)

俯きがちに内心を吐露したところで、仁射那は「大丈夫！」と力強く肩を叩かれた。

「いまさら変とかいうレベルの問題じゃねーから！」

本橋の笑顔は底抜けに明るい。

「……もしかしていまの、慰めてた？」

「おお、もちろん」

どちらかというと貶《けな》されてたような気がしないでもないのだが、発言の内容はともかくとして、本橋が自分の背中を押そうとしてくれているのだけはわかる。それに。

「だいたい恋愛は一対一ってルールもねーし。べつにいいじゃん、三人でラブでもさ」

「他人事だと思って言ってない？」

「多少はね。――でも、世間の常識が自分にとっての真実とは限らねーだろ？　ってゆーのが、俺の信条なわけ」

能天気にそんなことを宣《のたま》う本橋の笑顔に、仁射那は確かに救われていた。

「ありがと、本橋」

「どーいたしまして」

片目を瞑った本橋が、またくるくると指先でボールペンを回しはじめる。

どうやらそれは、本橋が何か企んでいるときの癖でもあるらしい。五回転ほどでボールペンを止めると、本橋はついっとペン先を仁射那に向けた。

「筧は二人ともが好き、と」

「うん」

どちらも好きで離れたくないなんて。共有を嫌って独占を主張した二人とはどこまでも相容れない希望だ。言うまでもなく結果など知れている、はず。

「したらこの際、筧も独自ルールで対抗してみんのもいいかもしんねーな」

「独自ルール？」

「そ。要は二人とも独占したいんだろ？」

「——うん」

力強く頷いた仁射那に、本橋がニッと歯を見せて笑う。

「オーケイ。そのワガママ、丸ごとあいつらに押しつけちまえよ」

「どうやって？」

その後、三十分ほど続いた密談を終えてから、仁射那は笑顔で新聞部の部室を辞した——。

真っ直ぐ帰宅してから、和史が帰っただろう頃合いを見計らって携帯に連絡を入れる。

「もしもし、カズシ？」

本橋が授けてくれた「妙案」に従って、仁射那は和史からも誕生日プレゼントのリクエスト権を手に入れた。その数時間後に、歩に電話を入れるのも忘れない。

「あ、アユ。いま帰り？」

予備校からの帰途らしい歩に、プレゼントのリクエスト期限を明日まで延ばしてもらえないか要請する。

「うん、そう。明日までに決めておくから」

（本当はもう決まってるんだけどね）

内心はむろん明かさないままに、仁射那は短い通話を終えた。

さらに就寝前になってから、二人宛に「明日は三人で会いたい」旨と、待ち合わせ場所、時間を指定したメールを一方的に送りつけてから、携帯の電源を落とす。

（これで準備完了っと）

明日、どんな結果が出るかは二人次第だ。

そして何よりも、自分の立ち回り次第――。

それを肝に銘じながら、仁射那は暗闇の中できつく目を瞑った。

5

翌土曜の昼前——。

待ち合わせ場所の屋上に向かうと、まだ指定時刻までは余裕があるというのに、すでに二人の姿があった。

今日も部活をサボったのか、和史はジャージではなく着崩した制服に身を包んでいる。その隣で、折り目正しく制服をまとった歩が、逆光の仁射那を眩しそうに見つめていた。

部活や委員会の生徒だけに解放された土曜の校舎は、何となくいつもの学校とは違うような気がした。日常とほんの少しずれた世界に足を踏み入れたような気になる。

(もう、元には戻れない)

だったら前に進むしかない——。

そう自分に言い聞かせながら、仁射那はフェンスに背もたれて待つ二人の元に足を向けた。二人分の視線を真っ向から受け止めながら、すうっと大きく息を吸う。

まだ少し冷たい春の陽気が、ひたひたと肺を充たした。

「お待たせ」

二人とも早いね、と表情を解してから二人の様子に改めて目を留める。

歩は何か察しているのか、無言でこちらを見ているだけだった。ガシャン……ッと、和史がつかんでいたフェンスを乱暴に鳴らす。

傾いた機嫌のままに、

「それで、どうする気だよ」

と低い声で凄まれた。

二人の顔を順に見つめながら、仁射那はそっと息を吐いて自分にゴーサインを出す。

「あのね、答え決まったんだ」

「どっちの？」

すかさず挟まれた歩の問いに、仁射那はわざと首を傾げた。それを受けた歩が、一度の瞬きを挟みながら言葉を選ぶ。

「その答えは誕生日プレゼントの？　それとも俺らのどっちを選ぶか、ってこと？」

「――両方」

自分の言葉に、二人が息を呑むのがわかった。

漆黒の瞳と薄茶色の眼差しが揺らぐのを見てから、一度小さく息をつく。

それからおもむろにまた首を傾げると、仁射那は本橋のヒントを参考に、昨口ひと晩中かけて考えたロジックを脳内に呼び出した。

まずは、歩に目を留める。

「あのね、アユから欲しいプレゼントはアユ自身なんだけど」

「え？」

「俺だけのアユになってくれないかな」

「――――」

言葉を失くした歩から和史へと視線を移してから、仁射那はニコッと表情を綻ばせた。満面の笑みが無事に演出できていればいい、と心のうちで願いながら。

「カズシもだよ」

「え……」

「俺にカズシをちょうだい。俺だけのモノになってくれない？」

表情とは裏腹に少し上擦った声でそう告げると、和史が「何だよそれ……」と小さく吐き捨てながら顔を顰めた。その隣では言葉もないといった風情で歩が額を覆っている。

（ちゃんと聞いて、二人とも……）

それぞれの様子を窺いながら、仁射那はさらに言葉を続けた。

「アユが俺のモノになってくれるんなら、俺はカズシを選ぶよ。カズシが俺のモノになってくれるんなら、アユを選ぶし」

「何言ってんの、おまえ？」

理解できないと顔中に書いた和史が、不機嫌げに上履きの底を鳴らす。コンクリの地面とゴム底と

が擦れる音を聞きながら、仁射那はそれを凌駕《りょうが》するほどの心音が体内に響き渡るのを感じた。

理解してもらえないかもしれないし、呆れられるかもしれない。――いやすでに呆れはてて、見限られる寸前なのかもしれないけれど。

（これが、俺の答えだから）

「あのね、アユとカズシが俺のモノになってくれるんなら、俺は二人のモノになるよ」

「何なんだよ、それ……」

「でも、二人が俺のモノになってくれないんなら、二人ともいらない」

本音を言葉にスライドしながら、仁射那は二人を見つめる眼差しに力を籠めた。フェイクで浮かべていた笑顔なんて、いつの間にか掻き消えていた。

どっちか一人とは付き合わないし、選ばない――。

そう断言した仁射那に、二人ともが困惑した表情で押し黙る。

屁理屈にすっかり呆れているのかもしれないが、それでも笑わずに受け止めようとしてくれている二人の姿勢に、仁射那はますます鼓動が速まるのを感じた。

「二人が俺を独占したがってくれたのはすごく嬉しいよ。できればされたいって思った。ううん、いまも思ってるよ、すごく」

校庭から聞こえてくる運動部のかけ声に、吹奏楽部の奏でる途切れ途切れのヴィヴァルディが重なる。そのどれもが、いまはただ遠く聞こえた。

高鳴る鼓動だけが自分を支配する。

「でもね、俺は二人ともを独り占めしたいんだ。俺のそばにいて、俺のことだけ見てて欲しいの。一人にずっと欲しがられてたい」

それってだめかな？　と首を傾げたニーノに、二人がどこか疲弊した眼差しを送る。

充ちる沈黙――。

二人の答えを何時間でも待つつもりで、仁射那はきゅっと唇を引き結んだ。

勝算なんてない。二人が受け入れてくれる保証なんてどこにもなかった。

仁射那の仕掛けたこのゲームは、どちらか一方が拒んだ時点で終わる。確率でいえば圧倒的にゲームオーバーになる可能性が高い。バッドエンドの覚悟だってしてきた。

(でも)

一縷《いちる》の望みをかけて、沈黙の均衡が破られるのをじっと待つ。

第一楽章の冒頭《イントロ》だけをリピートする『四季』を、はたして何度聞いたろうか。

「――ニーナは、本当に予測不能だね」

ややして歩が細く息をついた。

「降参する。俺はいいよ、ニーナのモノになっても。……っていうより、俺は最初からずっとニーナのモノなんだけどね、これまでもこれからもさ」

苦笑しながら、歩が肩を竦めてみせる。

「アユ……」

潤みそうになった目元に指を添えながら、仁射那は歩の笑顔に釣られるようにして頬を緩めた。

肩の力が半分だけ抜けた気がする。

(ありがとう、アユ)

そのやり取りを黙って見ていた和史が、やがて鼻白んだように息をついた。

「あーっそ。じゃあ、おまえは俺のモンでいいんだよな？　そういう話だったろ」

低音を凄ませながら、和史がこちらを試すように瞳を眇める。

「アユがおまえのモノになったら、おまえは俺を選ぶんだよな」

「うん」

(そうだよ、カズシ)

間髪を入れず頷いた仁射那に、和史は一瞬だけ息を呑んだ。

それから言葉の真意を探るように眼差しをさらに尖らせる。猜疑と不審の色でコーティングされた和史の表情を見守りながら、仁射那は重ねて声をかけた。

「いいよ、カズシのモノになる。でもアユも俺の一部だって認めてくれる？」

「……けっきょく、そうなるわけか」

低く吐き捨てた和史が重い溜め息をつく。それを追うように視線を落としてから、和史が考え込むように顎に手を添えた。

時間にすれば恐らく数分、体感的には何時間にも思えた長考の末に、和史は鋭く研いだ視線をくりと持ち上げた。

「俺を選ぶ、ってちゃんと言葉にして言えよ。そしたら仕方ねーから、そこのオマケごと、おまえのこともらってやる」

「何それ」

「これが最大の譲歩だ」

こちらに対抗するような屁理屈をこねる和史に、仁射那は思わず苦笑しながらそっと両手を持ち上げた。

「カズシが好きだよ、大好き。――だから、俺だけのモノになって」

腕を広げて答えを待っていると、

「…………クソっ」

腹立たしげに零した和史が、さっと一陣の風を起こした。

駆けよるなり一瞬で腕の中に捕らわれて、きつく抱き竦められる。

「わっ、ちょ、苦し……っ」

わずかな身じろぎも許さない抱擁に、仁射那は小さく悲鳴を上げた。

自分よりも背の高い和史が、背を丸めながら首筋に顔を埋めてくる。クソ……とまた毒づく声が耳元で聞こえて、仁射那は堪らない高揚に身を任せた。

そっと和史の背中に両手を回す。

(ああ、ようやくだ……)

ずっと張りつめていた気を緩ませながら、仁射那は力なく和史の体に縋った。

「――やれやれ」

近づいてきた歩が何気ない仕草で仁射那の耳を塞ぐ。

ほんの数秒だけ、鼓動だけが響く世界に閉じ込められた。和史の鼓動と、歩の鼓動までが重なって聞こえるような錯覚に陥る。歩の手の冷たさが、じんわりと耳朶に沁みた。

「さて」

遮断されていた風の音が甦った直後に、歩の声が耳に滑り込んでくる。

「俺らがニーナのモノになったら、ニーナは俺らのモノなんでしょう?」

和史の背に回していた片手を取るなり、歩はその甲に柔らかく唇を押しあてた。

「え、うん」

念を押すようなその言葉に少しだけ戸惑いながらも頷くと、歩がにっこりと満面の笑みを浮かべてみせた。

「じゃあ、ニーナがどれだけ俺らのモノか、確かめなくちゃいけないね」

その言葉が合図だったように、和史がひょいと仁射那の痩身を肩に担ぎ上げる。

「え、ちょ……何っ?」

そのまま校内に戻った和史に昇降口まで連れていかれ、仁射那はわけもわからないまま上履きから外履きに替えさせられた。

「なんで？　どこいくの？」

裏門に先回りしていた歩と合流するなり、今度は両脇から腕をつかまれた。

これではどうにも逃げようがない。それからいちばん近い街道でタクシーを拾うと、二人は仁射那を後部座席にぎゅっと押し込めた。

「ちょ、何これ……っ」

いったい何のつもりなのか、いくら訊ねても二人は答えてくれない。

「いいから、いいから」

「おまえは黙ってついてこいよ」

(だから、何……!?)

歩の指定で、タクシーは一路、宮前邸を目指し、走り出した。察しの悪い仁射那と、まだどこか不機嫌げな和史と、それから満面の笑みを絶やさない歩を乗せて——。

6

幸か不幸か、両親が旅行中で不在だという宮前家に連れ込まれてから、仁射那はようやくすべての事情を聞かされることになった。

「――だからいちおう、当初の予定どおりなんだけどね。展開としてはさ」

そう笑う歩に不審げな眼差しを注ぎながら、きゅっと唇を引き締める。

もともと火曜から金曜まではキスまでのアプローチに留める「約束」で、土日を使って三人でスる「予定」でいたのだ――などと、高らかに説明されても。

（はいそうですか、なんて言えるか……っ）

「そんなの聞いてない！」

「言ってねーんだから、あたり前だろ」

歩の部屋だというのに我が物顔でベッドに寝転がった和史が、肘をつきながら憎まれ口を叩く。その向かいで、デスクチェアに腰かけていた歩がニッコリと相好《そうごう》を崩した。

「ニーナが怖がったらいけないと思って。だから内緒にしてたんだよ」

「そんなの……」

いつもは羨ましい限りだったクイーンサイズのベッドも、こうなってくると妙な威圧感を放つ。

二人に前後を挟まれる形でカーペットの真ん中に座り込みながら、仁射那はちらりと視線だけで出口を窺った。

「まさか逃げようとか思ってる？」

途端に歩が鋭い声を上げる。

（笑顔のままなのが怖すぎる……っ）

仁射那はふるふると首を振ってから、とりあえずエヘ、と首を傾げてみた。

「でも、なんでそんな……」

予想外の展開に早くも涙日になりながら、視線を前後に送る。

「三人でって？　そりゃ体の相性もきちんと知ったうえで、選んで欲しかったからね」

「これぱっかりは先攻後攻、決まんなくてな。なら同時に、っつーわけだ」

おもむろに起き上がった和史が、ギシッと生々しくスプリングを軋ませた。

「そろそろはじめようぜ」

「そうだね。シャワーどうする？」

「あとでよくね？　俺、こいつの匂い好きなんだわ。このままのが何倍も昂奮する」

「カズシは本っ当に野獣だよね」

歩が苦笑しながら席を立つ。

（えーっと……）

どうしたものかと逡巡しているうちに、仁射那はひょいと両脇をすくい上げられた。和史によって一瞬でベッドの上に乗せられてしまう。

「ちょ、待……っ」

「何だよ、いまさら照れる必要もねーだろ。さっさと脱いじまえって、おら」

強引にホックを外され、文字どおり剝ぎ取られた学ランがベッドの下に放られる。

「やれやれ」

それを拾い上げた歩が、きちんとハンガーにかけてから自身の学ランの横に並べた。

続いて脱ぎ捨てられた和史の分は放置する気でいるらしく、シャツのボタンに手をかけながら、ギシ……と新たにベッドを軋ませてくる。

(う、わ……っ)

二人の視線が一気に刺さるのを自覚した途端、仁射那はぞくり……と背筋を震わせた。

「ふ、二人いっぺんなんて無理だよっ」

シャツを脱がそうとする和史に必死に抵抗しながら声を絞るも、は……っ、と冷めた低音で耳元をくすぐられる。

「二人とも欲しがったのはおまえだろ？」

「あ……っ」

背後から抱きかかえるようにして仁射那の細身をつかまえた和史が、両手首をねじ上げることで上

半身の抵抗を封じてくる。咄嗟に脚をばたつかせて反逆を試みるも、

「甘い、甘い」

器用に脚まで絡められて、気づいたら仁射那は完全に押さえ込まれていた。

「さて、準備は万端だよ」

その間に手の空いた歩が、ナイトテーブルの引き出しから取り出した何かをひとつひとつシーツの上に並べはじめる。

「何だよ、それ」

「ローションとか、そのほかいろいろ。カズシの失敗は踏まえないとね」

真後ろから放たれる舌打ちを聞きながら、仁射那は潤んだ視界でその「いろいろ」を捉えた。コンドームやワセリンなど見慣れた物もあれば、用途のわからない怪しげな物もいくつかある。

(あれは前にAVで見たことある……けど)

使われるのが自分だとはあまり思いたくない代物《しろもの》もちらほら。いつか言っていたとおり首輪なども目について、仁射那はいよいよ涙を零した。

「――泣くと逆効果だぞ」

小さくしゃくり上げた仁射那の首筋に、和史が熱い唇をよせてくる。

手足の拘束を解くと、和史は仁射那の胸に両腕を回してきた。そのままぎゅっと抱き締められて、吐息交じりの囁きを何度も耳元に吹き込まれる。

「好きだ」

歩には届かないほどの小声でくり返されて、次第に頭がぼうっとしてくる。

（ズルイ……）

いつもは粗野で口の悪い和史に、こんなにも熱っぽく囁かれたらそれだけで腰が抜けそうになる。

気づいたら仁射那は、放心したように和史に身を預けていた。

背後からのキスの雨に晒されながら、ごつい指先がシャツのボタンを外していくのをぼんやりとした視界で眺める。されるがままにシャツを脱がされて、今度はその手がベルトにかけられた。

「……っ」

ピクンと反応した体を宥《なだ》めるように、和史が鼻先でうなじをくすぐってくる。

「じっとしてろよ」

「ん、ン……」

その刺激の心地よさに脱力すると、歩の手がベルトを外しはじめた。

ゆっくりと前立てを寛《くつろ》げて、スラックスも脱がせようとする。無意識に腰を上げてその動きを助けると、歩が濡れた頬に優しいキスをくれた。

「いい子、ニーナ」

続いてローライズボクサーまで脱がされかけたところで、和史の指が両胸の尖りにかけられる。

「ん、ぁ……ッ」

カリっと爪を立てられて、仁射那はびくんと腰を戦慄《わなな》かせた。その隙に足から抜かれた下着が、ぱさりとベッドの下に落とされる。

尖りを弄《まさぐ》る指はそのままに、和史が今度は首筋に軽く歯をあててきた。

「あっ、ン……っ」

右側だけをつままれて声を上げると、今度は左側の先だけに押し潰すような円運動を加えられる。

「アッ、やっ、ん……ッ」

左の方が弱いことを知っている和史の指戯は容赦ない。

ソコばかりを責められることに怯えて腰をひねると、

「ほら、暴れちゃだめだよ」

前から両脚をすくってきた歩が、無防備に開いた狭間に身を入れてきた。

「へえ、これだけで半勃ちになるんだ」

「やっ、見ん、な……っ」

「いまさらだよ。いつも見てるし、口でもたくさんシてあげてるでしょ」

首をもたげた屹立《きつりつ》に息を吹きかけられて、ビクンッと腰が大きく浮き上がる。

「ンッ、ぁ、や、アァ……ッ」

なおも止まない胸の刺激に、仁射那は堰《せき》を切ったように何度も体を波打たせた。

「もう、や、カズシ……っ」

「何言ってんだよ、乳首だけで勃つくせに」

「……っ、ぁアッ」

ぎりっと爪を立てられた直後に、尖りを愛でるように汗ばんだ指の腹で丸く撫でられる。

「気持ちいいだろ？」

「んっ、……うん……イイ……」

密着している部分は特に、それ以外の箇所もいまやすっかり汗に濡れていた。

「けっこう育ったね」

「……ッ」

ふいうちで屹立に指を絡められる。

「カズシは舐めたことある？」

「ない」

「へーえ。じゃあ今度は、俺がニーナを喘がせてみようか」

「え……っ」

「ニーナ、いつものルールでいくよ」

ぱっくりと開いた口内にあっという間に自身が呑み込まれてしまうのを、仁射那は見開いた目で見ているしかなかった。

直後に、耐えがたい刺激が局部を直撃する。

「やっ、アユ……っ、だめ……ッ」

口でされてイかなかったことなど一度もない。

刺激に弱い体は、他愛ない口技でもすぐに終焉《しゅうえん》まで追い込まれてしまうのだ。

「アッ、ふ…っ、ぅ……っく……」

そのうえ回を追うごとに技巧を磨き、凄みを増してきた歩のテクニックに晒されて、そう長く耐えられるとは思えない。

「ん……ニーナ、昨日一人でシたでしょ」

「え、え……っ？」

「わかるんだよ、それくらい」

口淫の合間に、歩がほくそ笑む。

絶妙な舌遣いや甘噛み、それから強烈な吸引に翻弄されて、仁射那は止まりかけていた涙をすぐにまた溢れさせた。

「だめ、お願い……っ」

刺激から逃れようと腰を振るも、がっちりと両脚をつかまれている以上、ほとんど功を奏さない。

「あっ、あ……っ、ぃや……ッ」

逆に抵抗を咎めるように、すでに先走りで濡れているだろう切れ目にグリグリと舌を差し込まれて、

「────……ッ」

仁射那は声もなく爪先を痙攣させた。

じわじわっと次々に粘液が漏れていく感覚も、すぐに舐め取られて新たな刺激になる。

「……すげぇな」

背後からその光景を眺めている和史が感嘆した調子で呟いた。やがて腕の中で上がる仁射那の喘ぎに触発されたように、強引に顎を取って唇を塞いでくる。

「ンん……っ、んッ」

溢れて仕方ない唾液を啜られながら、仁射那はいくつもの悲鳴を呑み込まされた。

（や…っ、だめ……もぅ……ッ）

限界がきている、と戦慄《わなな》く腹筋が訴えている。

育ちきった果実が弾けるまでそう時間はかからない、と。

（アユ、おねが……っ、やだ……ぁッ）

「————……っ、あ」

顎が仰け反ったおかげで唇は解放されるも、絶頂に達した体は仁射那の意志に反して歩の口内に欲望を放ってしまう。

「んっ、……っく……」

びくびくと腰を震わせながら、仁射那は愉悦の証を最後の一滴まで吸い出される快感にほんのつかの間だけ酔いしれた。

口の中で完全に屹立が萎えてから、歩が顔を上げる。

ニッコリと微笑みかけられて、仁射那は再び泣きながら首を振った。

「カズシ、押さえてて」

口内に残っていた白濁を掌に吐き出してから、歩が笑顔のまま指示を下す。和史に取り押さえられて、身じろぎもできなくなった仁射那の顎を持ち上げると、

「五分以内にイッたらお仕置きでしょ」

歩はにこやかに告げてから、口の中に戻した粘液を口移しにしてきた。

(だから、いやだったのにー……っ)

生臭い粘液をどろりと舌の上に落とされて、軽くパニックになる。

自分のモノを含まされる衝撃はいつだって大きい。でも。

「飲んで」

ここで首を振るともっと追い詰められることを知っているので、仁射那は大人しく喉を動かした。

「……やらしーな、おまえら。いつもこんなことしてたわけ？」

「まあね」

口元を拭いながら、歩が鮮やかな笑みを浮かべる。いつものように何度かに分けて自分の精液を飲み下しながら、仁射那はホロリ……とまた涙を零した。

「だーから、泣くなって」

それを和史に舐め取られながら、どうにか口中の苦味を飲み干す。

「やだって、言ったのに……」

ケホケホと空咳を交えながら、恨みがましい視線を歩に送ると、

「ごめんね、ちょっといじめすぎた？」

眉宇を翳らせた歩が覗き込んでくるも、瞬きのなさにそれが上辺だけなのを覚《さと》る。

（まったく、もう……）

基本的には紳士で優しい歩だけれど、たまにこういったキチクな面をちらりちらりと覗かせるのだ。もしかして、そっちが素なのかな……と思わなくもないのだが、それはそれで仁射那としては構わない。——実はそうされるのがけっこう好きな自分を、最近発見しつつあったから。

（とはいえ、釘は刺しておこっと）

どんな言葉が効果的かしばし考えてから、仁射那はこれみよがしに俯いてみせた。自分の持っている切り札の中で、最強なものといえばこれだろう。

「……もう別れたい」

ぼそりと呟くと、ものすごい剣幕で「俺ともかよっ!?」と和史に聞き返された。

「——ニーナが望むんならそれでいいよ」

眉宇だけでなく、表情からまとう雰囲気までを翳らせた歩が緩慢な瞬きをくり返す。

（え、あ、う……）

どうにか三秒は重く垂れ込めた沈黙に耐えたものの、仁射那はすぐに首を振って意見を翻した。

「ってならないよう、もっと大事にして！」

歩がほっとしたように瞳を緩める。背後からは盛大な溜め息が聞こえてきた。

「……おまえ、心臓に悪い」

「え？」

「いま、目の前が真っ暗になったよ……」

和史も歩もほんの数秒で、一気に疲労の影を負っていた。

それぞれが、どうやら本気で嘆いているらしい姿を目のあたりにして。

（わ……っ）

きゅう……っと痛いほどに胸が疼く。たぶんきっと、仁射那が想定しているよりももっとずっと深く、二人は自分を思ってくれているのだろうと思う。でも、それに負けないくらい。

（俺だって二人が好きなんだってば）

いつの間にか外れていた和史の腕を取って胸に回させると、仁射那は「ん」と歩に向けて腕を広げた。近づいてきた歩を右腕で抱いて、左手は和史の腕に添える。

（欲張りだけど、これが俺の）

幸せのカタチ——。それがどんなに世間の常識や道徳とずれていようと、自分にとっては「真実」なのだから仕方がない。

「大事にしてね」

囁くような声で告げると、仁射那はそっと目を瞑った。まるで返事の代わりのように、額と首筋とに同時に口づけを受ける。

誰かを独占する優越と、誰かに独占される喜び――。

そのどちらも、一度知ってしまったら手放せないほどの甘い蜜。

(すごく美味しい……)

背筋が震えて眩暈がするほどの愉悦に充たされながら、仁射那はパチリと目を開けた。

「――じゃあ、続きしよ？」

あっけらかんと言い放った仁射那に、

「ニーナらしいけど」

「ムードねーな、おまえ……」

二人が同時に溜め息をついた。

「ていうかそれ、カズシに言われたくない」

「あーそうかよ」

前から手を引かれて体を起こすと、今度は歩に上半身を抱き止められる。そのまま歩が背を倒すと、
仁射那は和史に腰をつき出したまま四つん這いにさせられた。

「え、何っ？」

振り向こうとした顔を歩に取られて、啄むようなキスを受ける。

「何って、ご所望の『続き』だよ」

「え……っ、ひゃっ」

強引に割られた隙間に、どろりと冷たい何かを垂らされた。

「いまのは……っ？」

慌てて訊くも、背後からの返事はない。

「ローションだよ。俺とのときはいつも使ってたでしょ」

作業に没頭しているらしい和史に代わって、間近で顔を合わせている歩が囁く。

「丁寧に慣らさないと入らないからね」

「入れる、の……？」

指だけなら何度も入れられたし、歩の指戯にかかれば快感さえ覚える箇所ではあるが、目で見て知っている二人の質量がソコに収まるとはとても思えない。

「む、無理だよ……」

慌てて首を振ると、歩が小動物をあやすような猫撫で声を出した。

「だってニーナは俺らのモノなんでしょう？　その証拠を見せてもらわないとね」

「あ……ッ」

くちくちと入り口を弄っていた指が、ずるりと一本だけ中に押し込まれる。

「中もちゃんと濡らさないと滑らないよ」

「わかってる」

ぐいっと強引に開かれた隙間に、何か細いものが差し込まれる。ひやりとした感触のそれから、冷たいものがさらに溢れてきた。

「や、ぁ……っ」

ぐちゅ、と粘性の音を立てたローションが狭い隙間に充たされていく。

「入れすぎても滑ってやりにくいけどね」

「って、早く言え」

手にしていたボトルを和史がシーツに投げ出す。蜂蜜の容器に似た形状のそれが、先からとろりと無色透明の粘液を垂らした。

「指で探ってわかる？」

歩のアドバイスに従いながら、和史の指がぐるりと内部を弄りはじめる。

「根本まで入れて中を探ると、少し硬いところがあると思うんだけど」

「これ、か？」

歩とは違う無骨で節くれ立った和史の指が、ぐりっと内壁の一部を押した。

「いっ、た……」

「力任せに押してもだめだよ。最初はくすぐるように、少しずつ刺激してみて」

指示どおりに緩んだ指圧が、くぐもった水音を立てながらその周辺を刺激しはじめる。

「ん……ン……っ」

すると何やらモヤモヤした感覚が、内部のどこからか生まれはじめた。

無意識に揺れてしまう腰を押さえられながら、指の痕がつきそうなほど割り開かれている丸みにふいに和史が口づけを落とす。

「あ、っク……」

その瞬間、中で折れ曲がった指が絶妙な力加減でポイントを連打した。

「……っ、――……っ」

声もなく喉を喘がせながら、不自由な体を震わせる。

開いたままの口から滴った唾液が、シーツにたらりと糸を引いた。

「――いまの、よかったみたいだね」

肩口を押さえていた歩の手が、片方だけ下に伸びて、同じようにだらしなく口を開けている先端の滴りを指に載せる。

「上も下も、ドロドロ」

形をなぞるように先走りを塗り広げられて、ニーナはびくびくと背筋を戦慄かせるしかなかった。

「はっ、ぁ……ん……っ」

前と後ろを同時に弄られて、いままで味わったことのないような悦楽が脳髄を掻き回す。

刺激から逃れようにも四本の手にしっかりと押さえ込まれているので、仁射那はひたすら鳴き声を上げるしかなかった。

（や…っ、指……、指が……っ）

「んっ、……ン……っ」

どちらの愛撫も緩慢で些細な刺激なのに、体は何十倍もの感度で受け止めているようだった。

ほどなくして唾液のシミに、新たな熱い涙が重なる。

「おっと」

腕の支えが崩れた仁射那を、歩の腕が難なく受け止めた。

快感で泣き濡れた頬に唇を押しあててから、「そろそろいいかな」と、グズグズになった体の下から這い出していく。

「ア、ユ……？」

代わりにと差し出された枕にこめかみを載せながら振り返ると、歩が和史の横に膝をつくところだった。和史の指をガイドにして、慣れた指先が中に潜り込んでくる。

「そう。ここと、ここがポイント」

無造作に押されるたびに、仁射那の腰がびくびくと揺れた。

真っ直ぐで繊細な指と、太くてごつい指とが同時に中で蠢《うごめ》き回る。

「これ、だな」

歩の的確な指示でポイントを覚えた和史の中指が、硬い指の腹を押しあててきた。それを確認するように、周囲を探っていた歩の指が、和史の指をぐっと押し込んでくる。

「あああァ……ッ」

「――正解。イッちゃったよ、ニーナ」

がくがくと前後に腰を振りながら、仁射那は射精とは違う快感に意識を委ねた。

「ん……ッ、ぁあっ」

終わりのない感覚が弄られている部分から屹立へとひた走る。半勃ちだというのにぱっくりと口を開けた先端から、勢いのない白濁がだらだらと滴っていた。

「すげー……」

それを覗き込んだ和史が、赤く充血した切れ目を硬い指先で撫でてくる。

(あ、だめ……っ)

屹立への直接的な刺激に思わず腰を泳がせると、和史の指はあっさりと中のポイントから外れた。

だが、歩の指は心得たように腰の動きに合わせながら、なおも抉《えぐ》るようにしてくる。

「……っ、や……ッ」

そのたびに震えながら吐精する屹立を無遠慮に撫で回しながら、和史が熱っぽく囁く。

「きりねーな、これ……」

「完全に出来上がったら、中を弄ってる限りずっと絶頂が続くらしいよ。――ここまで追い込んだのは、俺も初めてだけどね」

「……壮絶にエロい」

堪えきれなかったように自家発電をはじめた和史の飛沫《ひまつ》が、ややしてから指を呑み込んでいる後孔にかけられた。

「う、わ……さらにエロいな」

「AVなんて目じゃないね、ホント」

新しい粘液で滑りのよくなった後孔には、すでに歩の指が三本呑み込まされている。

「さて、頃合いかな。最初だし、脱力してた方がニーナも楽でしょ」

歩の声だけは仁射那の耳にも届いていたが、反応する余裕はとっくの昔に失っていた。

(こんなの知らない……)

本来の射精とはまったく違う快楽に追い込まれて、自分の体が男ではなくなったような錯覚すら抱く。精液の半分近くを無理やりに搾られて、仁射那はただ息をするだけで精いっぱいだった。

くぽん……と恥ずかしい音を立てて、後ろから指が引き抜かれる。

「約束どおり、でいいね？」

歩の低めた声に、和史の「ああ、わかってるよ」という不機嫌げな声が被さった。

(約束……？)

ベッドが軋んで、背後にいた和史が前に回ってくる。枕に力なく頬を埋めていた仁射那の横顔に、胡坐《あぐら》を掻いた和史のモノがひょいと差し出された。

「ホントに前、使ったことねーんだろな」

「ないよ。さすがにそこまではさせてくれなかったからね」

先ほどイッたばかりとは思えないほど、硬く兆したそれで頬を撫でられる。

「な、に……」

かすれた声を上げると、その隙にぐっと屹立を口内に押し込まれた。

「むぐ……っ」

「噛むなよ、噛んだらあとでやり返す」

一気に潤んだ仁射那の視界で、和史がうっとりするように目を細めた。

「――やっぱおまえの泣き顔、いいわ」

「ヘンハイ……」

罵《ののし》りたいのにうまく舌が回らない。それどころか喋ったせいで快感を与えてしまったらしく、ドクンと脈打った和史が口内で明らかに膨張率を増す。

「これも約束だったんだよ。バックバージンは俺、リップバージンはカズシってね」

「らに、ほれ……?」

「だって、何度も失敗してる誰かさんには任せられないでしょ」

濡れて口を開いた後孔に、つるりとした感触が押しあてられた。薄いラテックスをとおして、先端の熱さが伝わってくる。

「さっさとやれよ」

「じゃあ、お言葉に甘えて」

「あ、ア……」

入り口の抵抗をものともせずに、歩の屹立がゆっくりと中に押し入ってきた。

（あ、入って……く……）

和史に失敗されたときは先端を少し捻じ込まれただけでも激痛が走ったのに、いまはまるで待っていたかのようにソコが緩んでいるのがわかる。

「う……ん……っ」

それでも指とは比べものにならない圧倒的な質量に、自然と腰が逃げようと動いてしまう。崩れそうになる仁射那の脚を両手で支えながら、歩は少しずつ腰を進めてきた。

「いい子だから、我慢して」

（や、熱い……っ）

慣れない感触に首を振ると、口内の和史が外れそうになった。すかさず顎を押さえられて、また脈打った屹立で顎の裏の凹凸を丁寧になぞられる。

「んっ、ふ……ぅ」

そのくすぐったさに涙を零すと、和史の恍惚とした吐息が聞こえてきた。

（勝手なんだから、カズシは……っ）

自分本位に口の中を使われながら、仁射那は抵抗の意を込めてほんの少しだけ歯を立ててみた。けれどそれも逆効果だったのか、さらに屹立が育つだけに終わる。

その間も歩の侵攻は止まらない。

「大丈夫、ニーナ……？」

背後からの歩の問いかけは、快感のせいなのかひどくかすれて上擦っていた。

（あ……、深い……）

そんなに奥までと思うほど深みまで呑み込んでいるはずなのに、歩のモノはまだ押し入ってくる。

「ん……っ、ぁ」

ややして薄い肌にチクリとした感触があった。少し遅れて、熱い下腹部がぴたりと押しあてられる。

濡れた叢の感触に、仁射那はようやくすべてが収まったことを知った。

「え……っ、う……」

腰だけを高く掲げているせいか、いまにも何かが逆流してきそうな衝動に襲われる。

軽くえずくと、和史がようやく少しだけ腰を引いてくれた。

「カズシ、ちょっと無理しないでよ。ニーナ、ビギナーなんだからね」

「わかってるって」

「ニーナ、平気……？　後ろは落ち着くまでこのまま動かないから、安心して」

「じゃあ、その間にこっち勉強しよーぜ」

横を向いた仁射那に自身を咥えさせたまま、和史が手を伸ばして足の狭間を探ってくる。

「このへん、舐めてみ？」

慣れない刺激で萎えたソコを指先でなぞりながら、仁射那自身の屹立を使って和史がポイントを指定してくる。

「んっ、ふ……ぅ」

「そう、そこ。舌、踊らしてみな」

言われたとおり粘液の滲む先端を軽く舌先で撫でながら、仁射那は浮き出た血管を窄めた唇の表面で感じ取った。

（すごい硬い……）

少しだけ首を振って、裏筋の下に潜らせた舌を素早く前後させる。

「……っ、く……」

和史の息が途端に乱れるのが、何だか面白かった。

唾液に溢れた口内でくちゅくちゅと音を立てて先端を揉みながら、今度は軽く吸い上げる。生じょっぱい液が舌に広がった。

「ビギナーかよ、これで……」

負けず嫌いの和史が、少しだけ反応を見せていた仁射那の屹立におもむろに何かを押しあててくる。

「んっ、ンん…ッ」

ＡＶでしか見たことのない小さなローターが、ブウン……と細かい振動音を最大限に上げていた。

（やっ、何これ……っ、ぁ、あ……ッ）

押しつけられた切れ目にＭＡＸの振動を与えられて、その容赦ない刺激に思わず腰が左右に振れる。

「ちょ、ニーナ……っ」

すぎた快感から逃れようと蠢く腰に、慌てたように歩が手を添えた。

「――……ッ」

腰を振った拍子にずるりと抜けかけた歩の屹立が、さんざん弄られて目覚めた前立腺を深く抉る。

そこからは何がどうなったのか、仁射那にはもうよくわからなかった。

背後からの律動に揺すぶられながら、口の中にある屹立に必死で吸いつく。

「ンっ、んん…ッ、ふ、ぁふ…っ」

そうすればするほどにローターを押しつけられて、仁射那は痙攣のように腰を震わせた。そのたびに歩の屹立が、ポイントをがつがつと掘りあててくる。

（あっ、また……だめ……っ）

エンドレスじみたサイクルの中で、仁射那はもう何度も、ピンク色の球体に白濁を浴びせていた。

「くっ、やべぇ……この口……っ」

和史がイくまでの数分間が、仁射那には永遠としか思えなかった。

前だけでなく後ろの刺激も重なるからなのか、ありえないほどのハイスピードで絶頂を味わわされながら、そこから逃れたいがために必死で舌を使う。

「――……っ、ぅ……っく」

最後の最後で的を外れた和史の屹立が、軽くバウンドしながら仁射那の頬に白濁を撒き散らした。ほとんど同時に、歩が最奥を穿ったまま腰を震わせる。それでも、なお、

(アッ、もう……振動……ゃだ……っ)

「……っ」

和史の意識が絶頂から戻ってくるまでの間、仁射那はローターごと握られ続けた。

「あ、わりぃ」

ようやく外されたときには、熟れすぎた果実のように赤くなっていた、とはあとから歩に聞かされた話だ。白濁がまとわりついた様は、さながらイチゴのようだった、と。

「美味しそうだね」

はたしてそのせいなのか、ローター責めのあとは仰向けに返されて、またもや歩の口内に屹立を囚われた。優しく舐め回される快感にさんざん泣きじゃくり、あらかたの白濁を舐め取って解放された頃には、嗚咽《おえつ》ですぐには喋れなかったほどだ。

「すっごい可愛い」

「すげーそそられる」

攻められる一方で涙の絶えない仁射那に、うっとりとした二人の声が揃う。

「だ……」

「だ？」

絞り出した声に反応した二人に、

「大事にすんじゃなかったのかよ……っ」

仁射那は、また新たに大粒の涙を零した。

（こんなの……っ）

前も後ろも好き勝手にされて、これで終わるならまだしも、和史はこれから突っ込む気満々なのが一目瞭然。すでに張りを取り戻した自身に、まさにいまコンドームを被せようとしているところだ。

壁を背に枕を抱きかかえながら、えぐえぐと泣く仁射那にまずは歩が近づいてきた。

「大事にしてるよ。でも大事すぎて壊したくなる気持ち、ニーナもわかるでしょ」

（そんなのわかんないよ……っ）

無言で首を振る仁射那に、歩がいつもの穏やかさで「うん、冗談だよ」と笑ってみせる。

「――いまのはちょっと不可抗力っていうか、俺もカズシも止められなかった」

歩の視線がシーツに転がった、粘液塗れのローターに留まった。確かにあれがきっかけで、全員の欲動が暴走したようなものだ。

「不安にさせてごめんね」

「……う、ん」

「今度は焦らず、ゆっくりしようね」

穏やかな口調にすっかり言い含められて、仁射那は気がついたら歩に手を引かれてシーツに両膝をついていた。

「そのまま、俺の上に座れよ」

いつの間にか背後に回っていた和史が、壁を背にして胡坐を掻いている。視線を落とすと、準備万端の凶器が自分の脚の間から垣間見えた。

歩よりも少し大きくて中太りの屹立が、薄いラテックスに包まれている。

（三回目なのに……おっきい……）

内腿で擦るのにもいつもゴツゴツとしてて存在感のあったソレを、これから下の口で咥えるのかと思ったら、

「あ……」

なぜか、恍惚感が込み上げてきた。

あの硬くてゴツイ凶器で、思うさま前立腺を突き上げられたら――。

（どんなにイイだろう……）

歩と和史の手に誘導されながら、ぬるついた後孔に屹立を宛がわれる。

「ん……っ」

射精よりも激しい快感を覚え込んだ体は、喜びにうち震えながら和史のモノを呑み込んでいった。

「あ……ィ、い……」

胡坐を掻いた和史の腿を跨ぐようにして両脚を開きながら、とろんと瞳を潤ませる。

「アッ、……ぁ」

太い先端が容赦なく中途のポイントを抉っていった。もう勃ち上がる余力もない仁射那の先端から、とろり……と透明な粘液が押し出される。

「ニーナは覚えが早いね」

その様子を前で見ていた歩が、仔犬を誉めるように頭を撫でてくれた。

「気持ちいい？」

「ん……、イイ……っ」

さっきと同じ充実感が体の中心を穿っていく心地よさを堪能しながら、しかし。

(何か、足りない……？)

妙な違和感を感じて、仁射那は閉じていた目を開いた。

傍らに膝をついた歩の下肢が目に入る。緩く兆した屹立が見えて、仁射那は無意識のうちに手を伸ばしていた。

「ニーナ……？」

「コレ、ちょーだい……」

自分のものとは思えないほど甘ったるい声が出て、視界がまた潤むのを感じる。

「――いいよ」

膝立ちのまま歩が近づいてくるのを待ちきれず、仁射那は和史に腰を支えられながら、自ら上体を前傾させた。

「んっ」

手を伸ばして、口寂しくて仕方ない唇に先端を含ませて唾液をまぶす。

「いい子、ニーナ」

淡い色の叢に鼻先まで埋めて欲望を味わいながら、仁射那は満足げな息を鼻腔から漏らした。その呼気が叢に籠もる。

「本当に覚えが早いね」

それをこのうえなく優しげな表情で見下ろしていた歩が、仁射那の前髪をすいた。

「美味しい？　――そう、どれくらい？」

屹立に添えていた手を片方だけ外されて、口元に持っていかれる。粘液で濡れた指を舐められながら、仁射那は後頭部を押さえた歩の手にぐっと顔を引きよせられた。

「ンンっ、……ふ」

喉の奥まで突き込まれながら、まだ硬さの足りない屹立を必死にしゃぶる。耳の裏側を冷たい指先がじんわりと撫でた。

「ぅ、ん……っ」

堪らない刺激に目を細める。

「こら。前にばっか集中してんなよ」

「あッ、ん……っ、ンん……っ」

すると意識が逸れていたのを咎めるように、和史が腰を回しながら仁射那自身に手を伸ばしてきた。

新たな粘液で濡れそぼっていたソコを緩く撫で回されながら、首筋にきつく歯を立てられる。

「――……ッ」

仁射那の痙攣を前後で楽しんだ獣が二匹、充足の溜め息を零した。

(あ、ぁ……ッ)

二つの唇と、四本の腕。その狭間で執拗に翻弄されて――。

仁射那は三回戦中に意識を手放した。

エピローグ

眠るように気を失った痩身を間に、ベッドヘッドにもたれていた茶髪が口を開く。

「三人でするのも悪くないね」

それに対し、反対側で壁を背にしていた黒髪が仏頂面で吐き捨てた。

「……当面は現状維持で我慢してやる」

和史のその言いように、ふっと口角を引き上げた歩が「そうだね」と同意する。

仁射那が気を失ったのはつい先ほどだ。まだ終わっていなかった和史に仰向けのまま揺すぶられたせいで、背中の一部がシーツに擦れて少し赤くなってしまっている。

二人で代わる代わる使った後孔は、その比じゃないくらい赤く腫れていることだろう。だが時間をかけて解したおかげで、切れることがなかったのは幸いだ。

難なくそれぞれの大きさを呑み込んでくれたソコを無防備に投げ出しながら、仁射那は子供のように丸くなって眠っていた。

「こいつ気絶したってより、たんに寝てるだけなんじゃねーの？」

「かもね」

すやすやと寝息を立てる仁射那に、和史がふと獰猛《どうもう》な視線を向ける。

「だめだよ、今日はもうナシ」

きっちりと釘を刺した歩につまらなげに鼻を鳴らしてから、和史は被せたままだったゴムを外した。きゅっと口を結んだそれをゴミ箱に向けて放り投げる。

さすがはバスケ部員というべきか、放物線を描いたゴムはきれいにゴミ箱の口に消えていった。

「もう少ししたら起こそうか。シャワー浴びないと、全身汗だくだし」

「腹減った」

「カズシ、先に浴びてきたら？　俺が先だと、寝てるニーナ襲ってそうだし」

「おまえは襲わない保証、あんのかよ」

「獣と一緒にしないで欲しいね」

和史が、ふっと片頬を歪めて笑う。

「自分だって大した獣っぷりだったじゃねーか。あいつの口とケツで何回イッたよ」

「さあ、覚えてないな」

挑発には乗らず肩を竦めた歩に、和史は気が削がれたように冷めた視線を送った。

「にしても、いろいろ手慣れてたな。こいつ以外にも経験あんじゃねーの」

「ないよ。ニーナのためにちょっと勉強しただけ。カズシこそ、もう少し勉強したら？」

「うるせー、放っとけ」

挿入にはちゃんとゴムを使ったので、後孔に関してはあとで軟膏を塗っておけば大丈夫だろう。前はイキたい放題にさせていたので、シーツはすでにあちこち濡れてシミだらけだった。

とはいえ、挿入以外では和史も歩もゴムを嵌めなかったので、シーツの惨憺たる有様は何も仁射那のせいばかりではない。

涙の痕を頬に残しながら眠る仁射那の髪を、そっと掻き回す。指先に愛しい体温を感じながら、歩はやるせなく息をついた。

「――俺を選んでくれると思ったんだけどな。ニーナの言動はホント、予測不能」

天然の挙動の裏には本橋の姿も垣間見えるのだが、要因としては必要不可欠な存在だったのでその点は計算どおり。本橋は理想的なまでに中立で動いてくれた。

「モトには週明けに礼を言わないとね」

「この結果でか？」

「これは得がたい結果だよ」

「……フン」

わずかな沈黙を挟んでから、和史が今度は深く息をつく。

「おまえはどこまで計算してたんだ」

鋭い眼差しを一身に浴びながら、歩は「いろいろとね」と口角を引き上げてみせた。

「計算違いもあったけど、最終的には悪くないよ。好きだって言ってもらえたしね」

「――忘れるなよ、俺とおまえの立場は一緒なんだからな。どっちが勝ったわりでもねーよ」

負けず嫌いの和史としては、そこを強調せずにはいられないのだろう。話に付き合うのが次第に面倒になってきて、歩は投げやりに話題を転換させた。

「ちなみにカズシは俺の嘘、見破れる？」

「ああ？」

和史が思いきり眉をよせる。

「何の話だよ」

「最近気づいたんだけど。どうも俺、瞬きが増えるみたいなんだよね。嘘じゃなくて、本当のことを言うときになんだけど」

「へーえ。それで」

まったく興味ないといった風情の和史を横目に、「べつに何でもない」と笑顔で話を締め括《くく》る。和史の胡散臭そうな視線には気づかないふりで、歩は手触りのいい仁射那の髪を何度も指先に絡めた。

無意識の癖はどうしようもないけれど、その癖を意識的に演出することは可能だ。

本音もいく度となく口にしたし、嘘のさなかに瞬きを織り交ぜもしたけれど。

仁射那が相手では計算も一種の博打だ。

出たとこ勝負、その結果は——。

「上々ってところかな」

「何が」

「独占されるのも悪くないって話」

やがてはじまった沈黙を裂くように、歩が『春』の冒頭を口笛で奏でた。晴れた空によく似合う、ヴィヴァルディの旋律――。

昼前に交わしたほんの数秒の密談が、同時に二人の脳裏をよぎった。


――どうかな、第一ラウンドは引き分けってことにしない？

――確かにそれが賢明かもな。

――第二ラウンドは、また改めて。


屋上にて、二人がそんな約束を交わしていたとも知らず。

「しかし、間抜け面《づら》で寝てんな……」

「無警戒だよね、ホント。危険なオオカミに挟まれてるっていうのに」

呑気な仔羊はいまだ夢の中にいる――。

禁欲のススメ

1

あれから——。

筧仁射那《かけいにいな》の朝はたいがい、こんなふうにはじまる。

(も、う……また勝手に……っ)

背後からの律動に揺すられながら、仁射那はシワのよったシーツをきつく握り締めた。

三人でするると最終的に気を失うか、疲れきって寝てしまうかのどちらかなので、体を洗うのはおろか衣服を身に着ける余裕すらないことが圧倒的に多い。そのせいで無防備なソコを、朝からこんなふうに使われるのはもはや日常茶飯事だった。

目が覚めたら入ってるなんて、本当にいつものこと——。

今朝はどうやら、うつ伏せで寝ていた仁射那の腰の下に枕を押し込んでコトに及んでいるらしい。昨夜もさんざん使われたソコを、これ以上ないほど充実した欲望がニチャニチャといやらしい水音を立てて出入りしているのが、音と感触とでわかる。

よほどのことがない限りはきちんとゴムを使っているので、この聞くに堪えない粘着音は昨日使ったローションの名残りなのか、それとも朝になってまた足したのだろうか。

ごつごつとした表面や太い先端が、過敏なままの内壁を何度も擦る。

（まったく、カズシったら……！）

中の感覚だけでどちらかわかってしまう自分にちょっとだけ呆れながら、仁射那はぼんやりと瞼《まぶた》を開いた。寝起きでまだ不明瞭な視界に、隣で穏やかに寝入っている元親友の横顔が映る。そもそも屹《きっ》立《りつ》の個性で量るまでもなく、了承も得ずにこんなことをするのは一人しかいない。

「お、起きたか」

覚醒にいち早く気づいた葉山和史《はやまかずし》が、背後から尻たぶの狭間《はざま》を強引に開きながら、単純な前後運動だった律動を、中を掻き回すようなゆったりとした動きに変える。

「んっ、……あのね」

相手に意識がなければ、こんなの「他人の体を使った自慰行為」にほかならない。

朝っぱらから盛っている黒髪の獣に抗議するべく、両肘《ひじ》をついて振り返ったところで、

「ひぁ……っ」

先端がちょうど、イイところを巻き込むようにしてグリリと動いた。

どうやら狙っていたのだろう。仁射那が刺激の強さに甲高く鳴くのを、和史が余裕の態で腰を使いながら、至極楽しげに眺めているのが涙ぐんだ視界の端にちらりと映った。

「そっちもお楽しみなら、俺の独りよがりじゃねーよな」

「な……っ」

「大丈夫、これからもっとよくしてやっから」

緩やかだった動きが、急に意図を持った激しい律動へと変化する。

「え、ちょ……っ」

「おまえ、ココやばいんだよな」

「あ、ぁ……っ」

「あと、ココも？」

「ふぁ、や……っ、アぁっ」

いちばんイイところを狙ってくり出される攻撃に、感じやすい体が耐えられるわけもなく。

（あ……も、う……っ）

ものの数分で、仁射那は暴発寸前まで欲望を育てるはめになった。

昨夜も二人がかりで可愛がられたおかげで、後孔はもちろん屹立もひどく感じやすくなっている。

枕との隙間でとろりと粘液を溢《あふ》れさせていた昂《たかぶ》りを無造作に探られて、仁射那は声にならない悲鳴を上げた。

「——……っ、ぁ」

「待ってろよ、もっとよくしてやっから」

まだ少しだけ被っていた先端の皮をくるりと剝《む》かれて、枕の表面に押しつけられたまま固定される。

赤く充血した過敏な粘膜を、ざらりとしたリネンの感触が舐めた。

「んっ、あ、ぁぁア……っ」

背後から突かれるたびに、剝き出しの弱い部分を何度も枕に擦りつけるはめになり、あっという間にカバーがぐしょ濡れになる。濡れて表面が滑りやすくなったところで和史が意地悪く向きを変えるので、そのたびにまたいちから乾いたざらつきに刺激されて、仁射那は前を向いたまま自分の枕を噛んで耐えるしかなかった。

「ぅ……っ、ふ……、んン……っ」

あまりにも激しく直接的な快感から逃れようと腰をひねるも、背後からがっしりと腰の前後を捕られているので、たいした身じろぎにもならない。それどころか両方の刺激がさらに強まり、だらだらと上と下から涎《よだれ》を零すはめになった。

「あ……ッ、んァっ、んっ」

屹立への刺激がきつければきついほど、中の吸い込みも増すのだろう。背後で腰を使っている和史の息も次第に荒くなっていく。

「うっ、……っく」

とっくに限界だと思っていた中の質量が、ぐぐっとまたひと回り大きくなった。奥まで押し込まれたときの衝撃と、中太りの屹立が窄まりを広げて出入りする感覚とがさらに強くなる。

やがて臨界点《いじ》が目の前まで迫ったところで、和史がつかんでいた屹立をじりじりと擦りはじめた。先端を弄られることで中に溜まっていた粘液を、蜜口から押し出すようにキュウキュウと扱《しご》かれる。裏筋に繫《つな》がる線をことさら搾《しぼ》られて。

「あァ――……ッ」

弱い箇所を徹底的に責めるその指戯に、仁射那は堪らず欲望を放っていた。

絶頂に達した体がビクビクと戦慄《わなな》いて、入ったままの和史をこのうえなく締めつける。イッている間も緩く中を突かれ続けて、仁射那は新たに湧き起こる快感に何度も先端を蕩《とろ》かせた。

「ンー……、ぁ……は……っ」

やがて沁み出すだけになった粘液を意地の悪い親指に塗り広げられながら、最後の痙攣で背筋を震わせる。仁射那がイき終えても、和史の律動が止む気配はなかった。

「……さーて」

絶頂による収縮を存分に堪能したらしい和史が、頃合いをみて覆い被さってくる。片腕を取られて捩《ね》じ上げられながら、ぐぐっとさらに奥まで屹立が押し込まれてきた。

「ちょ、やだ……っ」

「いい声で鳴いてくれよ」

すっかり汗に濡れた筋肉質な胸が、仁射那の背中にピタリと重なる。

熱い吐息が首筋にかかった。

「や、だっ……てば」

「逃げんな」

「――――……っ、ひ」

少し引いた腰が突き入れられるのと同時に、うなじに噛みつかれる。硬い歯が首筋に食い込むのを感じながら、仁射那は引き攣《つ》った息を律動のたびに漏らした。

「う……っ、ふ、ン、ぁ……っ」

猫科の交尾よろしく首筋に歯を立てられながら、腕を捩じられて後ろから穿《うが》たれる体勢に、おかしな喜びを感じてしまうのは、和史の仕草がギリギリで仁射那を思いやっているのがわかるからだ。痛みを与える寸前で、加減されながら犯されるのは――どこか甘い。

（あ、あ……どうしよ……）

粗野なだけのセックスと紙一重ではあるが、和史のセックスにはそういった背徳的な魅力があった。野獣に犯されているような倒錯的ファンタジーが仁射那の意識を昂奮させる。

（あ……気持ちいい……）

一度イッてぐっしょりと濡れた枕に自身の屹立を押しつけながら、仁射那は征服される喜びにうっとりと酔いしれた。

枕にぬるぬると擦れる感触と、背後からの間断《かんだん》ない突き上げ。快楽に弱い体が次のステップに向けて急ピッチで準備するのを感じながら、仁射那は唾液に濡れた枕をきつく噛み締めた。

和史も終わりが近いのだろう、ひと突きごとに激しくなる律動を全身で受け止めながら、自分でも次の絶頂を待ちわびて前後に腰を振ってしまう。

肉同士がぶつかるいやらしい水音に鼓膜を犯されながら、仁射那は射精の予感に身を震わせた。

しかし、その直後に――。

小さくうめいた和史がぐぐっと奥まで腰を入れる。

「う、っ……は……」

（え、まさか……）

熱い内壁の奥で欲望が爆《は》ぜるたびに、和史の屹立が断続的に揺れた。

快感のせいで開いているだけになった唇が、熱い吐息をねっとりとうなじに絡みつかせる。

「っ、……はぁ」

野獣の体が快感の余韻で粟立っているのを、仁射那は触れ合わせた肌で知った。唾液のマーキングを首筋にたっぷりと残してから、和史の体がどさりと背中に圧《の》しかかってくる。

（カズシの、大バカ野郎……っ）

和史とのセックスは倒錯的で堪らない魅力を秘めている反面、こんなふうに場合によっては一人だけで完結してしまうという難点もあった。

「すっ……げーよかった」

ややしてそう零してから、和史が起き上がる。ヌル……と抜かれる感触に身を震わせながら、仁射那は濡れた枕をきつく噛み締めた。手早くゴムを始末する音を聞きながら振り返ると、薄情者はさっさと一人でバスルームに向かおうとしているところだった。もう少しでイけそうだったこちらを顧みる気配もないその背中に、横たわったまま恨みがましい声を投げる。

「ヤり逃げ、サイテー」

「おー。何とでも言えよ」

だが仁射那の不満など意に介したふうもなく、裸のまま廊下に出ようとしていた和史が扉口で一度だけこちらを振り返った。

「悪りィけど朝練なんでね。続きはアユにしてもらえよ」

言われて横を見ると、すっかり覚醒した元親友が頬杖をついてこちらを見ていた。

「おはよう、ニーナ」

「あ」

パタンと扉の閉まる音に慌てて視線を戻すも、和史の姿はもうそこにない。隣からの痛いほどの注視を頬に感じながら、仁射那はぽふっと枕に顔を埋めた。

「おはよ、アユ……」

「ニーナも懲りないね。また襲われてたんだ」

「だって、あんなの不可抗力……」

顔を隠したまま言い訳する仁射那の横で、口調だけなら優しげな声が「それ、もう聞き飽きたんだけど」と辛辣《しんらつ》な台詞《せりふ》を述べる。

（うう……）

恐る恐る顔を上げると、隣で観察するようにこちらを見ていた宮前《みやまえ》歩《あゆむ》と目が合った。

優しげな面立ちによく似合う柔和な笑みはとても穏やかだけれど、髪色と同じく色素の薄い瞳の奥には、うっすらとだが剣呑《けんのん》な気配が見え隠れしていた。

嫌ならちゃんと拒まなきゃ、と歩にはいつも言われているのだが、朝の奇襲を拒めたことなど一度もない。和史の身勝手な振る舞いに腹は立つものの、くれる快感は得がたいものなのでつい、

（流されちゃうんだよね……）

そもそもこの体を快楽に弱くしたのはそっちじゃないかと文句を言いたいくらいなのだが、歩が争点にしているのはそこじゃないので、仁射那としては項垂《うなだ》れるしかなかった。

「ベッドの軋《きし》みで目が覚めるの、今月もう五回目なんだけど」

「そうだ、っけ……」

それは即ち、六月に入ってからほぼ毎朝に近く好き勝手されていることを示す。他人の情事で起こされるのが、いい気分じゃないのは容易に想像できる。それに、だ。

『おまえはアユだけのもんじゃねーんだからな』

ことあるごとにそう念を押すくせに、和史自身は何の躊躇《ちゅうちょ》もなくこうしたスタンドプレイに及ぶので、歩としてはやはり面白くないに違いない。和史ほど口や態度には出さないものの、歩の中にも仁射那を独占したいという気持ちは、いまも少なからずあるはずだから。

（だよ、ね？）

だからこんなふうに咎《とが》められるのは後ろめたくもあるが、ちょっとだけ嬉しかったりもする。しか

し歩の場合、ここから「お仕置き」という不穏な方向に話が転がったりするので、この後の話運びには充分気をつけなければならない。

「い、いつから起きてたの……」

枕に額を埋めながらぼそぼそと零すと、歩がふっと呼気に笑みの気配を交ぜた。

「実を言えば、ニーナが起きる前からだよ」

「へっ、じゃ狸寝入り？　ていうかアユがカズシを止めててくれれば……っ」

「俺が止めるんじゃ意味ないよね」

至極もっともな言い分に、うー……と小さく唸《うな》っていると、

「──なんてね」

と、歩の手がポンと後頭部に載せられた。

「べつに怒ってはないから安心していいよ。……まあ、独り占めされて面白くないのは確かだけどね。でも、襲われてるニーナは可愛かったし、その様も堪能できたから」

今日は許してあげる、と歩が楽しげに語るのを仁射那はわずかに上げた視線で睨《にら》んだ。

「……アユって意地悪い」

「おや。否定はしないけど、そんなこと言っちゃっていいのかな」

余裕の笑顔で頬杖をつきながら、歩がおもむろに仁射那の下肢を指先で示す。

「ニーナのそれ、放置でいいの？」

「……よくないです」

「だよね。じゃあ、どうしようか」

「シて、くれる……？」

枕に片頬を埋めながら上目遣いに隣を見やると、歩が片目だけを瞑《つむ》って首を傾げてみせた。

「――どうしようかな。おねだりはもっと可愛くないとね」

台詞の途中で、片側の口角だけがすっと引き上がる。

（あ……）

どこか意地悪げな笑みを向けられた途端、なぜか下腹部の奥が痺《しび》れたようになった。

「……気持ちイイことして……アユも、俺で気持ちよくなって」

思ったままを口にすると、まるでご褒美のようにふわふわと髪を撫でられた。

「いいよ。気持ちよくしてあげるから、お尻上げて」

「……ん」

促されるまま、うつ伏せから膝を立てて腰だけを上げた姿勢を取る。

枕に挟まれてこれまで生温い粘液に塗《まみ》れていた屹立が、腰を掲げた分だけ外気に晒されてほんの少しだけひやりとした。絶頂をはぐらかされてさっきよりは勢いを失っているものの、新たな快楽の予感に屹立がふるふると打ち震える。

「いい子」

仁射那の素直さを誉めるように、背後に回った歩が丸くなだらかな丘陵《おか》にキスを落とした。同時に隙間を指でたどられて、刺激に飢えている窄まりをそろそろと撫でられる。

「ん……っ」

「昨日もさっきもいっぱい食べたのに、ここはまだ欲しがってるね」

ローションをまとわせた襞《ひだ》の感触と、待ちきれずにヒクヒクと蠢《うごめ》く入口の疼きを存分に揶揄《からか》ってから、歩はおもむろに唇をよせてきた。

「あっ」

肉の合わせを無理に開くことはせず、舌先だけをぬるりと中に押し込まれる。それからまるでキスをするように窄まりを吸ってから、歩は内側の柔らかい粘膜にねろねろと舌を這わせてきた。

「ア……ッ、ひ、ぁっ……んっ」

舌の刺激になど、通常はぜったいに晒されることのない箇所を丹念に舐め回されて、仁射那は鳴きながら腰を振った。

「ニーナのここは本当に欲張りだね。もっと奥まで欲しいって……こっちも」

「ひァ……ッ」

切なげに収縮をはじめた綻《ほころ》びのみならず、硬くしこった会陰《えいん》までも舐めしゃぶられて、どう堪えても鼻にかかった甘声が漏れてしまう。余すところなく執拗に舐め回されて、気づけば前には触れられてもいないというのに仁射那は呆気なく絶頂に達していた。

「ああァ……ッ」

支えのない屹立が、とくとくとシーツの上に精液を撒《ま》き散らす。

（たったこれだけでイッちゃうなんて……）

あまりにも容易《たやす》い自分の体に羞恥を覚えるも、それがよけいに快感を駆り立てた。

昨夜の荒淫に続き、今朝だけですでに二度も達しているせいで、量も濁りもそれほどない吐精を終えるも、体の昂奮はさらに高まるばかりだった。

「これでもう満足？　――じゃないよね」

舐め尽くされて過敏になっている綻びに、つぷ……と指を呑み込まされる。寸前まで和史に穿たれていたこともあり、難なく三本も咥え込んだソコがにちゃにちゃと卑猥《ひわい》な音を立てる。

「ニーナの下の口はお喋りだよね。いっつも可愛く鳴いてるもんね。でもココを弄ると……」

「ああァ……ッ」

「上の口も忙しくなるんだよね」

歩の指が熟れた内部のポイントを突くたびに、仁射那は前後で歓喜の声を上げた。イッて間もない屹立までもが、前立腺を擦られる喜びに粘液をしぶいては快楽に噎《むせ》び泣く。

「中のポイントは完璧に覚えたね。お利口サン」

「ア……っ、んっ、ふァ……っ」

くり返される刺激に腰を震わせていると、

「――……っ」

歩が何の前触れもなく、膝立ちのまま突き入れてきた。

(あ、すごくイイ……っ)

和史とは違う形状のそれがゆっくりと濡れた内部を押し広げていく。その充足感にうっとりと腰を震わせていると、入れ替わりに抜けかけていた中指がいちばん浅いポイントを抉っていった。

「……ッ」

軽い絶頂に背筋が戦慄く。その間も前進を続けていた屹立が、やがて最奥に突きあたった。歩の両手によって開かれた肉の狭間に、ちりちりとした感触が押しつけられる。

「や……っ」

和史に比べれば歩の下生えはまだ柔らかく、濃くもないがそれでも薄く過敏な皮膚には堪えがたい刺激になる。思わず左右に腰を逃がすと、その拍子にかくりと膝が崩れた。

「おっと」

「ん、ァ……」

横倒しになった双丘《そうきゅう》から、ずるん……と歩の屹立が抜けてしまう。歪んだくの字のように体軀《たいく》を曲げてくずおれながら、仁射那は急に訪れた喪失感に内腿を震わせた。

「足がもう限界かな。立て続けにバックだったもんね」

そう言いながら、歩が労わるように仁射那の腰骨の辺りを撫でてくる。次いで膝を持ち上げられた

ので、そのまま返されて体位を変えるのかと思っていたのだが、

「え……あっ」

仁射那の体が裏返る前に、横倒しになったままの狭間に歩が再度挿入してきた。ほとんど経験のない角度からの侵入に、戸惑うように膝頭が震える。

「ア、ユ……？」

「たまには違う角度もいいかと思って」

半身を下にしたまま片膝をすくわれて、そのまま緩く中を突かれる。歩が腰の振りをわずかに変えるだけで深さや角度が不規則に変化し、仁射那は予期せぬ刺激に何度も声を上げた。

「あっ、ア……っ、ん」

ちょっと突かれただけでも感じる場所を、初めての角度で何度も小刻みに突かれる。慣れて知っているポイントなのに、いつもとは違う刺激の強弱が休むことなく仁射那を苛《さいな》む。

「ああァ……ッ」

「ふうん。ココはこの角度の方が好きなんだね、ニーナ」

「や……っ、ソコ、は……っ」

「ココ？　へえ、ココもいつもより感じるんだ」

そのひとつひとつを言葉と体で確認されながら、仁射那はいつしか三度目の絶頂に身を震わせていた。扱い方でいえば仁射那本人よりも、歩の方がはるかにこの体をよく知っている。

屹立に触れもせず、二度も搾り取れるほどに——。

どんなふうにすれば仁射那が昂るか、どんな刺激に弱く、どうされることにいちばんの喜びと悦楽を覚えるか。知り尽くした手管《てくだ》に翻弄されて、歩がイく頃——本来の起床時間にアラームが鳴る頃には、仁射那はすっかり腰砕けにされていた。

緻密で、繊細で、そしてどこまでも執拗な歩のセックスもこのうえない魅力に充ちているのだが、朝っぱらから体感するには少々濃すぎる。野獣との二本立てとあってはなおさらだった。

それにしても、ここまでねっとり粘られたのも久しぶりな気がする。

「……やっぱり怒ってたんでしょ」

起き上がれないまま声だけを渋らせると、涙で潤む視界に歩の笑顔がフェードインしてきた。

「ようやく気づいた？」

笑みで撓《たわ》んだ瞳の奥に、まだ少しだけ剣呑な光が揺れている。

（アユのバカ……）

口にはせず内心だけで歩を罵ると、仁射那は重い溜め息を零した。

ろくに動けない体のせいでその後の始末はもちろんのこと、シャワーも着替えも登校の足すらも歩に頼るはめになり、けっきょく校門前までタクシーで乗りつけることになったのも。

——今月、三度目の出来事だったりする。

（あんなんじゃ、やっぱりダメだよね……）

三人での関係がスタートしてから、いろんな方面でそう反省するのがすでに日課になりつつあるのだが、いま仁射那の頭を占めているのはもっとプライベートな懸案だった。

はっきり言って昨夜よりも濃かった情事を朝から一人ずつに披露されてしまったせいで、体は昼休みを迎えても重だるくて仕方ない。

（現状を打開するには、やっぱり——）

「こうするのがいちばんだよね」

送信ボタンに載せていた親指に力を込める。『大事な話があるから』というメールを、二人はどう解釈するだろうか。教室で机に突っ伏しながら、仁射那は組んだ腕の隙間から溜め息を零した。

ちょっとの移動すら身に堪《こた》える仁射那に代わって、二人はいま昼食の調達に出ている。二年になってクラス替えがあったので、もしかしたら三人ばらばらになるかもと思っていたのだが、何のことはない。進級しても、仁射那たちは同じクラスに名を連ねていた。

なので教室や担任が替わった以外では、特筆すべき変化は何もない。

ただ、三人ですごす時間が飛躍的に増えただけで——。

(あれから三ヵ月、か)

二人からの告白を受け、ひと悶着あったのが三月上旬のこと。

親友に恋われていたなんて考えもしなかった仁射那だが、寝耳に水ながらも二人の思いを受け容れたのは、いつのまにか仁射那の中にも二人への恋慕が芽生えていたからだ。

どちらかを選べと二人は迫ったけれど、仁射那の自覚した恋情――もとい執着と独占欲は双方に同時に向けられるものだった。片方だけを選ぶなんて考えられもしないほどに。

結果、どちらも欲しがった欲張りの仁射那を二人とも許容してくれた。それが顛末《てんまつ》。

ちなみにそれ以前から、それぞれとそれなりの肉体関係があったおかげで、大団円を迎えてからの自分たちは「節操」の二文字をどこかに捨ててきたとしか思えない日常を送っていた。

ただでさえヤりたい盛りの年代だ。ちょっとしたことで火がついてしまうのは、もはや男子高校生の仕様と言っても差し支えないのではないかと思う。それにしたって、やはり。

(ヤりすぎだよねぇ……)

帰宅部の仁射那はともかく、歩には生徒会と予備校が、和史にはバスケ部の活動がある。さすがに毎日三人でデキるほど時間と体力があるわけではないのだが、それでも週四はかたい。週末はほぼ毎週、爛《ただ》れたセックスライフを謳歌していた。加えて平日も場合によっては昨夜のように、そして今朝のように情事に耽《ふけ》ってしまうわけで――。

年頃の性衝動とは、本当に恐ろしいものだ。

とはいえ、行為に及べる時間はあっても場所に困るのが学生の常だ。全員が実家暮らしなら、なおのこと。気軽にホテルを使える身分でもないし、デキる場所なんてそう多くない――。

そんなありがちな悩みを解消するかのように、歩の父親の海外赴任が決まったのが四月半ばのことだった。何かにつけ出来のいい息子は放っておいても大丈夫だと判断されたのだろう。歩を置いて母親もそれに同行するということで、いまや宮前家は三人の根城になりつつあった。

さすがに入り浸ると母も祖母も心配するので、仁射那は週末を含めた四日ほどを「勉強会」の名目でお泊まりにあてているのだが、兄弟の多い和史にとってはうるさい家から逃れるいい口実にもなったのだろう。最近ではもはや住人と化していた。――いちおう名目が名目なので、成績が落ちれば怪しまれるということで頻繁に「勉強会」も開催されるのだが。

『ここに当てはまる公式はどれだと思う？』

といった問いに正解すればイかせてもらえる形式だったりするので、身になっているのかは怪しいところだ。それでも、中間や期末の結果はそう悪いものではなかった。テスト期間中はさしもの自分たちもペースを落として予習に時間を割いたので、それが実を結んだのだろう。だが、その反動のように期末明けの先週末はめくるめく行為に溺れてしまったせいで、悪い習慣が平日のいまになってもなかなか抜けきらずにいた。

今日の時間割に体育がなかったのは幸いだったなと思いつつ、座っているだけでもだるい腰に手をあてる。和史も歩もピンシャンしているので、この不公平さには毎度閉口してしまう。

（だからって、あの二人に突っ込みたいとは思わないけど）

見た目からして清潔でキレイな顔立ちをした歩ならまだしも、体のどこを取っても自分より体格の勝る和史をどうにかしたいなんて衝動は湧いてこない。ああ、でも好き勝手されてるお返しに、縛り上げたうえで道具を使って下剋上！　なんてのは楽しそうだなと夢想していると、

「ニーナ」

背後から急に名前を呼ばれた。

噂をすればな和史の声に、びくんと背筋を波打たせてから慌てて振り返る。

「べ、べつに下剋上なんて考えてないからっ」

口を開くなり飛び出してしまった弁解に、和史が不可解気に眉をよせつつ「……意味わかんねーし」と低くぼやいた。てっきり歩も一緒かと思っていたのだが、近づいてくる和史の背後に見慣れた顔はない。それどころか和史は手ぶらだった。

「え？　てか、お昼は？」

「その誘いにきたところだっつの」

真横に立つなり、和史が座っていた仁射那の体をいとも容易く肩に担ぎ上げる。

「ちょ、えっ？」

「さっきのメール、こんなとこで話せる内容じゃないんだろ」

心もち抑え気味の和史の声に、仁射那はこくこくと首だけで頷いてみせた。どうやら歩の采配で、

昼食は別室で取ることになったらしい。そこまでのエスコート役としてやってきた和史によって、仁射那は荷物さながら運ばれるはめになった。

「わ、ちょ、も少しゆっくり！　階段は腰に響くんだってば……っ」

「へーへー」

宮前家でも学校でも、腰の立たなくなった仁射那をこんなふうに運ぶのはたいてい和史の役目だ。楽は楽なので仁射那も最近は抵抗せずに、大人しく身を任せることにしている。――ただ、やはり傍目にはおかしな光景に映るのか、校内では奇異の視線を浴びせられがちなのが難点なのだが。

「着いたぞ」

そう言って下ろされたのは、以前、和史に連れ込まれたことのある北棟の空き教室だった。中に入ると、歩が換気のために窓を開けているところだった。忍び込んだことがばれないようカーテンは閉めたまま、いくつかの窓に細い隙間を作る。

「ああ待ってたよ、ニーナ」

「あ、うん、お待たせ」

梅雨の中入りで、今日はえらく天気がいい。埃くさかった室内の空気が少しずつ入れ替わっていくのを感じながら、仁射那は傍らの机に駆けよった。購買部の袋からサンドウィッチを取り出してから、室内のあちこちに放置されている椅子を適当に引っ張ってきて腰かける。

「ニーナはハムサンドでよかったんだよね」

「うん、でもキュウリが」

「ああ、それは俺がもらうから」

隣に椅子を持ってきた歩が、フィルム包装を解《と》いたハムサンドから器用にキュウリだけを抜き出して「はい」と戻してくる。礼を言ってから、仁射那は満面の笑みでそれを食《は》んだ。

「……親子みてぇ」

それを見ていた和史の呟きを、「カズシって変な妬き方するよね」と歩が笑顔で一蹴《いっしゅう》する。はたして図星だったのか、渋面が「そんなんじゃねーよ……っ」と口調を荒げた。

仁射那の左側を占めた歩に対抗するように、右側によせた椅子に腰かけた和史がカレーパンを二口で片づける。いつもながら豪快な食べっぷりに見入っていると、和史が咀嚼《そしゃく》しながら口を開いた。

「そんで？」

食べながら喋る和史の行儀悪さに眉を顰《ひそ》めつつも、歩が同調するように「そうそう、ニーナの話って何」とこちらを覗き込みながら促してくる。本当は食べ終わってから持ちかけようと思っていたのだが、二人としては話の内容が気になって仕方ないらしい。

「うん、それなんだけどね」

ひとつめのハムサンドを平らげたところで、仁射那は指先についていたマヨネーズを舐めながら、一度ずつ左右に視線を振り分けた。いつになく真面目な顔をした二人に挟まれながら、端的に用件だけをずばりと口にする。

「しばらく、二人とはヤんないから」

仁射那の唐突な宣言に、まず反応を示したのは和史の方だった。

呑みかけだったパックジュースを吹き出しかけながら、「ああ？　どういうことだよ」と不機嫌げに訊き返してくる。その眉間《みけん》にはこれ以上ないほどのシワが刻まれていた。

「——カズシはともかく、俺とも？」

至極淡々とした声音に、厳《いか》めしい強面《こわもて》から、左手にいる穏やかな笑顔へと目を向ける。

「俺はともかくって何だよ」

聞き捨てならないとばかり立ち上がりかけた和史に、

「言葉どおりの意味だよ。思いあたる節ないとは言わせないけど？」

歩がさらなる追い打ちをかける。二人の間に、不穏な火花が散った気がした。

このテの諍《いさか》いは日常茶飯事なので、どう振る舞うべきかは仁射那もすでに心得ている。

「二人とも、俺の話よりケンカの方が大事？」

思惑どおり見事に押し黙った二人が、ふたつめのハムサンドに齧《かじ》りついた仁射那に視線を集める。

注視を感じながら咀嚼を終えると、仁射那はもう一度、自身の決意をくり返した。

「二人とはしばらくの間、セックスしないから。——以上」

仁射那の中ではかねてから検討していた案だ。いつどんなふうに切り出そうか、このところずっと悩んでいたので、ようやく口に出せて肩の荷が下りた気分だった。

（あー、すっきりした！）

晴れやかな気分で自分のパックジュースに手を伸ばしたところで、和史が「ちょっと待て」と声を低める。憤りよりも困惑の方が勝っているのか、和史は何とも言えない複雑な表情をしていた。

「ヤんないってそれ、別れるってことか……？」

首を傾げた和史の確認に、歩までが神妙な面持ちで頷いてみせる。

（えー？）

予想外に深刻そうな顔をした二人に挟まれて、仁射那は知らず瞬《まばた》きを重ねていた。

自分としては思ってもなかった見解に、

「まっさかぁ」

そう声を上げると、ほぼ同時に重い溜め息が左右で吐き出される。その理由がわからないまま両サイドに視線を配っていると、ややして歩が「要するに」と自身の下唇にすっと指先を添えた。

「しばらく行為は自重したいって、そういうこと？」

「うん、そう」

「――理由は？」

そこは当然訊かれるだろうと思っていたので、答えはあらかじめ用意してある。

いまのペースじゃ体が保《も》ちそうにないし、距離を置いて考えたいこともあるから――。

そう告げた仁射那に、二人はしばし押し黙った。その間に視線だけを交わして、何かを相談したらしい。歩が口を開くのを、和史が腕組みをしたままじっと見つめる。

「その、考えたいことって何？」

人指し指の腹で唇の輪郭をたどりながら、歩がこちらの意を探るように片目だけを細くした。

「それって、重要？」

小首を傾げつつ返した仁射那に、歩が小さく頷いてみせる。

「俺らにとってはものすごく、ね」

和史までが首を引いて首肯《しゅこう》するのを、仁射那は「んー……」と声を鈍らせながら横目で見守った。

（さすがに二人には言えないからなぁ……）

行為を自重したい理由は厳然とあるのだが、それをいまここで明らかにする気はない。それはもう自身のプライドに懸けて――。それ以外で何か理由になりそうなものはないか、何秒か思案してから、仁射那は改めて口を開いた。

「そんじゃ、地球の未来のこととか」

「それいま適当に言ってるよね」

「うん」

「……ニーナ？」

「えっと、じゃあ、デフレ対策についてはどう？」

和史と歩がまた視線で何かを示し合せる。これ以上は訊いても無駄だと踏んだのか、口を噤《つぐ》んだ歩に代わって今度は和史が低音を響かせた。

「とにかく、俺らと別れたいわけじゃないんだな？」

念を押すような声音に大きく頷いてみせると、歩がもう一度、薄茶の瞳を眇《すが》めてみせる。

「心の距離を置きたい、ってわけでもないんだよね」

「もちろん！」

自分は二人のことが大好きだし、別れるなんて考えられない。いくら悩んでいようとそこだけは揺るぎない気持ちを素直に言葉にすると、ようやく二人の表情が緩んだ気がした。

「それが確かなら、とりあえずはいいよ」

「……ああ、しょーがねえからな」

笑顔で了承してくれた歩と違い、和史はいまだに不機嫌げな顔をしていたけれど、それでも仁射那の要望は呑んでくれるらしい。不機嫌というよりも、その表情はどこか罰が悪そうにも見えるのだが、その理由までは仁射那にはわからない。

（よかった、二人とも受け容れてくれて！）

その事実だけに単純に浮かれていたところ、

「——で、期限は？」

「え？」

仁射那は直後に追い詰められるはめになった。間抜けなことにも、その点についてはすっかり失念していたのだ。

「あ、う、えっと……じゃ一ヵ月！」

と咄嗟に答えてしまったので、仁射那に残された猶予は夏休み開始直前までとなる。それまでにはどうにか「悩み」を解消せねばならなくなるも、

（一ヵ月あればどうにか、なるよね……？）

誰にともなく心のうちで問いかけながら、仁射那はある場所に赴く決意をひそかに固めた。


——その日の放課後になって、重い足取りで向かったのは新聞部の部室だ。

目的はただひとつ、和史や歩とは旧知の仲である本橋道隆《もとはしみちたか》に相談を持ちかけるためだ。

「失礼しまーす」

ノックの末に扉を開けると、中には本橋の姿しかなかった。奥のデスクに腰かけながらラップトップを開いていた本橋が、仁射那と目が合うなりニヤリと不敵な笑みを浮かべてみせる。

「よう、待ってたぜ」

その表情から察するに、すでに何らかの情報を得ているのだろう。

「わあ、ヤな笑顔……。アユかカズシに何か聞いた？」

「あーカズシにね、ぼやかれた」

本橋と和史とは五時限目の選択授業が被るのだという。そこですでにあらましを聞いていたので、放課後ここへやってくるのではないかと手ぐすね引いて待っていたらしい。

「そんで、どういうわけよ」

手招かれて、仁射那は新聞部の部室に足を踏み入れた。

あらかじめ本橋が手を打ったのか、ただの偶然なのかは知らないが、ほかの部員はすべて出払っているようだ。今日は別室ではなく、そのまま本橋の近くの席に促されて仁射那は大人しく腰を下ろした。と同時に、深く重い溜め息が漏れてしまう。

「ふうん、ずいぶん深刻ってわけ？」

「……まあね」

できれば本橋にも言いたくないくらいなのだが、一人で抱え込むのにもいいかげん限界を感じていたところだ。助言を得るためには、腹を割らないことには何もはじまらない。

仁射那は意を決して、このところずっと気鬱に感じていた「懸案」を口にした。

「あのね――」

我ながら要領を得ない、たどたどしい語り口になってしまった気がする。だが、本橋は最後まで静かに耳を傾けてくれた。

「ってことなんだけど……」

「それが理由？」

「うん」

だいたいの要点を話し終えたところで、本橋が無言のまま背もたれに体重を預ける。

たっぷり三秒ほど間を空けてから、

「ブハッ」

信じがたいことに、本橋は盛大に吹き出すという暴挙に及んでくれた。

「……本橋」

こちらとしては恥を忍んで打ち明けたというのに、腹を抱えて爆笑するとは何事か。

よほどツボに入ったのか、発作的な笑いをくり返す本橋の胸に、仁射那は膨れながらパンチを見舞った。それを片手で押さえ込みながら、なおも本橋が笑い崩れる。

本橋の笑い上戸がようやく収まったのは、それから数分してからだった。

「――へーえ、早漏が悩みねぇ」

いまにもまた吹き出しそうな顔でわざわざ復唱しながら、本橋が笑いすぎで滲《にじ》んだ目尻の涙を拭《ぬぐ》う。

いまさらではあるが、相談する相手を間違えたのかもしれないと思いつつ、

「俺にとっては切実なんだってば！」

仁射那はふてくされたように唇を尖《とが》らせた。

ここまで笑われたからには、きっちり相談に乗ってもらわなければ割に合わない。本橋に向けて椅子をよせると、仁射那は声を潜《ひそ》めつつも赤裸々にすべてを打ち明けた。

もともとそう長く保つ方じゃないのは自覚していたのだが、三人で付き合いはじめてからは加速度的に早くなっているような気がしてならない、これ以上ひどくなる前に二人と離れて対策を練りたいと――そう素直に吐露すると、本橋がようやく真面目な顔で「なるほどね」と頷いてみせた。

「つーか二人がかりでヤられるんじゃゃ、ある程度仕方なくね？」

「でも、なんかどこ触られても気持ちよくて……ホント、すぐイッちゃって」

今朝だって和史との一回戦はともかく、歩との二回戦ではあの有様だ。

直接刺激されているわけでもないのにイッてしまうなんて、男としてはあるまじき失態だ。

本来なら能動的立場にあるはずのセックスで受動的立場にいる点についてはいまさらだし、いろいろと気持ちよくもしてもらえるので、そこは置いておくとしても、だ。

早い、というのはどうにもプライドが軋むのだ。

「プライドねぇ……その辺の違いは俺にゃよくわかんねーけど」

俺だったらネコやらされてる時点で軋みまくりだけどね、と首を傾げる本橋に、仁射那はなおも口を尖らせた。

「だってあの二人相手に入れたいとか思ったことないし、されるの好きだしそこはいいんだけど、でもやっぱ、早いってのは男の沽券《こけん》にかかわると思う」

「そう？」

「そう！」

言いきった仁射那に、本橋が思わずといった態で破顔《はがん》した。

「オッケー。いまさら筧の理屈にゃ対抗しねーよ。天然に諭してもしょうがねーし」

「……いま、バカにしたでしょ」

「してないって。筧もいろいろ考えてんだなっつー話」

まるで子供にするようにポンポンと頭を叩かれて少々不本意な気持ちが込み上げてくるも、本橋なりに向き合おうとしてくれてる雰囲気は感じるのでひとまず不平は述べないでおく。

「ま、悩みなんてホント人それぞれだもんな。傍からはどんなにちっぽけに見えたとしても、本人にとっちゃ死ぬほどつらいことだったりするし。重要性なんて外から量るもんじゃねーよなぁ」

(そのわりには盛大に笑い飛ばしたくせに……！)

思わず反論すると、本橋は「あー悪い」と片手を挙げて詫《わ》びつつ、苦笑してみせた。

「やー、カズシのやつがけっこうへこんでたからさ」

「カズシが？」

ふと昼休みに見た、罰の悪そうな和史の表情を思い出す。

「そーそ。だからわりに深刻なのかなぁって、ちょっと身構えてたんだよね。で、内容があれだったんで拍子抜けっつーか、実を言えば少しホッとした」

「本橋が？　なんで」

意外な言葉に目を丸くすると、本橋が苦笑から凪《な》いだ笑みへとゆっくり表情を変化させた。

「言っとくけど俺は俺なりに友人の恋を応援してんだぜ、これでも。――ああ、筧自身もちゃんと俺の『友人』枠に入ってっからな？」

親身になるのは仁射那が『友人の恋人』だからではなく仁射那自身を友達だと認識しているからだと、抜かりなくフォローしてくれる本橋に思わず頬が緩んでしまう。

「へへ……ありがと、本橋」

「どういたしまして」

今度はくしゃりと髪を掻き回される。さっきとは違い、ちょっとくすぐったい心地を味わいながら、仁射那は軽く息をついた。本橋が聞いてくれたおかげか、心もちはさっきより軽くなっているものの、障害が立ちはだかっている状況は依然変わらない。

「それで、筧はどうする気？　一ヵ月の間に特訓でもすんのか」

ラップトップのキーボードにさらりと指を滑らせながら、本橋が視線で話の続きを促してくる。

「うん……」

具体的な解決策が思いあたらないから、そもそもここを訪れているわけで――。表情を曇らせながら言い淀んだ仁射那に、本橋がおもむろにラップトップの画面を回して見せた。

「検索で出てくる対処法としては、こんなところだな」

「え、あっ」

（そうか、そのテがあったか……！）

いまどきの高校生にしては、仁射那はこのテのツールに弱い。ネットで検索する、というごく簡単な方法にすら気づかなかった己の迂闊《うかつ》さを呪いつつ、画面に見入る。

ディスプレイに並んでいた検索結果から、本橋が適当なものをクリックしては新しいタブを開いて見せてくれる。そのひとつひとつに目をとおしているうちに、本橋の携帯が鳴った。着信ではなくアラームだったのか、時計に目をやった本橋がプリンターのスイッチをオンにする。

「そろそろ定例会議の時間なんでね。——覓ん家って、リビングにパソコンあんだよな」

「うん、そう。おもにバーちゃんが使ってる」

パソコンに関しては仁射那よりも、米寿を迎えた祖母の方がはるかに詳しいくらいだ。

「んじゃいくつかプリントしとくから、家でゆっくり検討してみろよ」

部員たちが戻ってくる前に印刷し終えたプリントをファイリングして渡される。ざっと見ただけなので効果のほどはわからないが、対処法が知れたのはそれだけでも心強かった。

「マジありがと」

「また何かあったら、声かけろよ」

「うん！」

きたときとは対照的に、仁射那は軽やかな足取りで部室をあとにした。

過敏なせいですぐ達してしまうのだとしたら、刺激に慣れさせるしかない――。

3

本橋にもらったプリントをひと晩かけて熟読したうえで、仁射那はその結論に達した。入れてからの保ちで悩む一般男性たちとは事情は多少異なるが、要は感度だと踏んだのだ。

（やっぱり、被ってるからかな）

いつも隠れているから刺激に弱いのかもしれないと思い、仁射那は翌日から自分なりの処置を施すことにした。普段は庇護されている部位を、なるべく剝き出しになるよう工夫してためしに何日かすごしてみるも、効果のほどはあまり感じられない。

「うーん……」

専用の器具などもネット上では販売されているようだが、未成年の自分が手に入れるにはいくつものハードルが待ち構えていた。なのでひとまずは手近なもの（が何かはご想像にお任せ）で代用してみたのだが、やはりそれがまずかったのだろうか。しょっちゅうずれては直すのくり返しで、はたして何度トイレに足を運んだことか。それに過敏な箇所が下着内で擦れる感触に加えて、あらぬものを装着しているという羞恥が思わぬ昂奮を呼び、学校で自慰に及んでしまったりもしたわけで。

（……方向性、間違えてるのかも）

次の週からは違う方法にもトライしてみることにした。――人がいないのを見計らったうえで、歩の部屋からひそかにローターなどを持ち出してきたのも、そのチャレンジのためだ。露出だけでなく、積極的に刺激を与えることでソコを鍛えられると思ったのだ。しかし、それもどれだけ効果があるのか、自分ではいまひとつ実感が湧かない。結果的に日に日に何度も自慰に耽ってしまう日々が続き、仁射那は日に日に憔悴《しょうすい》の影をまとわりつかせるようになっていた。

（これも方向性間違えてるのかな……）

三時限目の予鈴を聞きながら、体育に向けて更衣室に移動する。

――あれから、一週間ほどが経つ。

あの日の宣言以来、歩の家にはなるべくいかないようにしていた。やらないと明言した以上、線引きは必要だ。二人と顔を合わせるのは学校でのみ。歩の方はすでに割り切ったのか、言動は至って平常どおりなのだが、和史の方は相変わらず微妙な表情をしていることが多かった。

仁射那としては普通に接しているつもりなのだが、何か思うところでもあるのだろうか。気になったので直接訊ねてもみたのだが、答えはいつも「何でもねえ」の一点張りだった。

「アユは、カズシから何か聞いてない？」

それが妙に気にかかったので歩にも何度か話を振ってみたところ、こちらも「さあねぇ」と思わせぶりに首を振るばかりで埒《らち》が明かない。態度から察するに歩は見当がついているのだろうが、仁射那には謎が深まるばかりだった。

「何か知ってるんでしょ」

「まあね。でもニーナが気にしてもしょうがないことだよ。あれはカズシの問題だから」

「そうなの？」

「そう」

更衣室に向けて歩と連れ立ちながら、少し前を行く和史の姿に目を留める。開襟シャツに包まれた背中が、どことなく丸まって見えるのは気のせいだろうか。

「あーいうのは本人に考えさせないと意味ないことだしね。ニーナも少し放っておいたら」

「うん……」

そう言われてしまうとそれ以上何も言えなくて、仁射那は口を噤むしかなかった。歩の洞察力の鋭さはよく知っているつもりだ。それに和史との付き合いは歩の方が長い。その歩が断じるからには、きっとそれなりの事情があるのだろう。

「それよりも、一週間経ったけど調子はどう」

押し黙った仁射那の横顔を覗き込みながら、歩がさりげなく話題を転じる。

「……あんまり芳しくはないかも」

「ふうん」

何が、と歩は訊かない。本橋が口を割っているとも思えないので事情は知らないはずだが、歩はふと表情を曇らせるとゆっくりとした瞬きをくり返した。

「最近、ニーナがやつれ気味なのもそのせい？」

「え？」

「少し瘦せたよね。見てるしかない身には、そーいうのすごく歯痒いんだけど」

言いながら、歩がシャツの襟首にそろりと指先を忍ばせてくる。

（あ……）

ブランクの空いた体に、冷たい指の感触はうっかりすると呼び水になりかねない。

「そ、そんなことないよ」

「そうかな」

「そうだってば……っ」

首筋をたどるそれを慌てて制止すると、仁射那は一足先に更衣室に飛び込んだ。

（あ、危なかった……！）

反射的に感じかけてしまった官能から必死に意識を逸らしながら、シャツを脱いで指定着に着替える。その間も、歩の視線は意味ありげに仁射那の体にまとわりついていた。

「そんなことあるから声かけてるんだけどな」

余すところなく検分するような視線に晒されて、図らずも体が反応してしまいそうになる。そんなことまで歩に見透かされそうな気がして、仁射那はスラックスに手をかけつつもなかなか下ろせずにいた。視線を意識すればするほどに、下半身に血液がいってしまいそうな気がする。

（どうしよう……）

そう逡巡《しゅんじゅん》する間にも、ソコはわずかにだが反応しかけていた。

「脱がないの、ニーナ」

何かを察しているのか、隣で着替えながら歩がじっと目を凝《こ》らしてくる。

こういうときの歩は執拗で容赦がない。視姦という言葉がこれほどしっくりくる眼差しもないのではないかと思いながら唇を噛み締めていると、ふいに間近で黒い影が動いた。

「何いじめてんだよ」

歩と仁射那の間に強引に割り込んできた腕が、ロッカーにばんっと掌をつく。

「べつにいじめてないよ。カズシってば目ェ悪いよね」

「はっ、言ってろ」

不機嫌げに目を細めた和史と、笑みで眦《まなじり》を下げた歩との間に不穏な火花が散る。

（ナイス、カズシ！）

思わぬファインプレーに感謝しつつ、仁射那は慌ててスラックスからジャージに着替えた。だが仁射那が着替え終わっても、二人の睨み合いは終わらない。

「今日はまた、ずいぶん不機嫌だね。カズシってばよっぽど欲求不満なんじゃない？」

「はっ。自分だけ余裕みたいなツラしてんじゃねーぞ」

このところ二人の仲は、以前よりも険悪さを増している気がしてならない。

「あーもう、二人ともいいかげんにしてっ」

けっきょくは仁射那が二人の腕を取って、更衣室から引っ張り出すはめになった。

「なんか前より仲悪くない？　そんなんで二人でやってけてるの？」

これまでのローテーションから抜けたのは仁射那のみで、和史の方は相変わらず、宮前家から登校していると聞いている。

「ニーナがいないのにカズシだけいるとか、本末転倒だよね……」

右側でぼやいた歩に、和史が左側でわざとらしいほど鼻を鳴らした。

「経費は払ってんだろ。俺には居座る権利がある」

半分通いだった自分と違い、息子が入り浸っている現況に葉山家ではそういった手段に出たらしい。

態度と図体の大きい長男がいないのは、葉山家としても実は助かっているのかもしれない。

「迷惑だったらいつでも追い出してね、っておばさんに言われてるんだけど」

「やれるもんならやってみろよ」

自分を挟んでまたも不穏な空気を漂わせはじめた二人の腕を、ぎゅっとつかんで声を張り上げる。

「はいはいってば。——あ、でもベッドは広くなったんじゃない？」

いくら歩のベッドがクイーンサイズだと言っても、大の男が並んで寝るにはやはり狭い。

三人で寝るとどちらかの、または両方の抱き枕のように扱われることが多いので、これまでに誰かが落ちたという悲劇はないが、無理があるのは確かだ。

自分がいない分、余裕で寝られるようになったのではと訊ねる仁射那の両脇で、重い溜め息がステレオ放送になった。

「あのね、こんなのと一緒に寝るわけないでしょ」

「俺はリビングのソファーで寝てる」

「え、そうなの？」

やれやれと言った態で首を振る二人の腕をそれぞれに抱えながら、体育館へと入る。

そこでちょうど本鈴が鳴った。教師の召集を受けてまずは出席番号順にチーム分けされる。体育は先週からバレーボールだった。それも今週からは本格的に試合形式に入ることになっている。

（よかった、今日はフルで出られそう）

ペース的にはこれまでとそう変わらず射精していることになるが、やはり挿入されないという違いは大きい。多少腰に力が入らない感はあるが、激しい動きにも充分対応できる範囲だ。そう思って張りきっていたのだが――、残念ながら柔軟体操中に仁射那は「由々しき問題」に見舞われてしまった。

さっき少し反応してしまったせいか、布に擦れる感触が予想以上に体に響いてしまったのだ。傍目にわかるほどの変化はないが、わずかに芯を持ってしまったソコが、動くたびに刺激されてしまう。

（……ど、どうしよう）

柔軟を終えたときには、仁射那は心もち前屈みになっていた。そんな事情を知る由《よし》もない教師がすぐさま一試合目の開始を告げる。運の悪いことに、仁射那は第一試合に組み込まれていた。

「ん……っ」

ちょっと大きく動くたびに、過敏な部位が刺激に晒される。だが、リベロとして入っている以上じっとしているわけにもいかない。しかし動くと――……その反復だ。

(これじゃ前より悪いかも……！)

かくしてへっぴり腰の仁射那が続行不能になるまで、そう時間はかからなかった。最終的には自陣に返ってきたボールを顔面で受け止めて無様にコートに崩れる結果になり、そのうえ見た感じよほど派手に転んだのか、捻挫《ねんざ》を危惧《きぐ》した教師によって保健室いきまで命じられるはめになった。

「ちぇー……」

張りきっていた分、自分の不甲斐なさには自然項垂れてしまう。

とぼとぼとチームを抜けた仁射那に、付き添いを申し出たのは和史だった。

「大丈夫か」

「うん、平気。ていうかカズシ、試合はいいの？」

「ああ。まだ出番じゃねーからな」

第二コートで試合中の歩に、和史がわかりやすく顎を反らしてみせる。その挑発に歩がどんな表情を返したのかは、すぐに担がれてしまった仁射那にはまったく見えずじまいだった。

「……脚、痛くないんだけど」

確かに少し捻った感はあるが、尾を引くほどじゃないのは自分でわかる。暗に一人でいけると言ったつもりなのだが、和史は頑として聞き入れなかった。けっきょく和史の肩に担がれたまま、保健室まで運ばれるはめになる。

（………この振動がまた、クるんだけど）

そうは思っても、口に出してはとても言えない。反応していることを和史に気づかれるんじゃないかと、冷や冷やしながら仁射那は三分ほどの道程をじっと耐えた。

保健室の入口に着いたところで、トンと床に下ろされる。

「えーと、ありがとカズシ」

「ああ」

（……あれ？）

仁射那としてはここで解散のつもりでいたのに、和史が踵《きびす》を返す気配はない。できれば保健室の世話にはならずトイレで抜いてさっさと戻る気でいたのだが、心配だから診断にも付き合うという和史に圧されて、仁射那は仕方なく保健室のドアを潜《くぐ》ることになった。

（もう、カズシの心配性……）

保険医の診断も案の定、問題なしだ。——だが、顔がやけに赤いとのことで風邪を疑われた。ためしにと計られた熱が微熱域だったため、仁射那はあえなく足止めされることになった。

「激しい運動は控えときなさいね。少し横になっていったら？」

「……はい」

欲情で発熱なんかしている時点でひどく恥ずかしいのに、それを保険医に打ち明けられるわけもなく、大人しく指示に従うことにする。さりげなく自分も居残ろうとした和史に、

「あなたは帰りなさいね」

保険医がぴしゃりと言い放つ。どことなく不満げな顔で和史が引き返すのを、

「センセによろしく言っといてー」

仁射那はベッドの中から手を振って見送った。

(……やれやれ)

仕方がないので横たわって天井を眺めつつ、そのまま無為に数分をすごす。

絶え間なかった刺激が止んだおかげで下肢の狭間は落ち着きつつあったが、それでも痺れた感覚がいまだ先端にまとわりついていた。ほんの少し身じろぐだけで、ジン……と甘い疼きが下腹部から這い上がってくる。

(できれば抜いてスッキリしちゃいたい、んだけど……)

不埒《ふらち》にもそんな状態だったので、ほどなくして保険医がここを空けると告げにきたときは、天の配剤に本気で感謝してしまったくらいだ。

「まだ顔赤いわね。——ちょっと出てくるけど、すぐ戻るから」

「あ、はいっ」

誰かきたらそう伝えてね、と伝言を残した保険医の背中も同じようにベッドから見送る。

（やった、願ってもないチャンス！）

仁射那はわたわたと起き上がると、ベッド周りのカーテンを厳重に閉めた。用意がいいことに、サイドテーブルにはティッシュ箱もある。このままモヤモヤとした欲情を抱えているよりは、さっさと鎮めてしまった方が精神衛生面でもいいに違いない。そんな言い訳を胸に、仁射那は横になったまま下腹部に手を伸ばした。

上掛けに隠れているとはいえ大胆に脱ぐのは憚《はばか》られたので、ジャージも下着も必要最低限ずらすだけにして局部を解放する。

「ん……」

学校の保健室でこんなコトをしている昂奮も手伝ってか、仁射那の屹立はあっという間に硬くなった。乾いた下着にさんざん擦られて、少し痛みを感じる先端に恐る恐る指を載せる。

「ぁ、ア……」

早くも濡れはじめていたせいで、ぬるりと指の腹が滑った。布地にいたぶられて過敏になっていたソコを労わるようにゆっくりと撫でる。

「……っ、ふ」

甘い刺激に、思わず声が漏れそうになった。慌てて下唇を噛み締める。

まだ量の少ない粘液を少しずつ塗り広げるうちに、堪えがたい快感がじわじわと腰の奥から湧いてくる。必然的に新たな粘液を漏らしながら、仁射那はひたすら先端だけを撫で回した。

充血して熱くなった粘膜の表面を、ぬるぬると滑る指先で弄《もてあそ》ぶ。形に添わせてゆっくりと輪郭をたどりながら、弱い裏筋付近を少し強めに擦ってみる。

「んン……っ」

ビクビクと腰が前後した。蜜口からとぷりと漏れ出す感触に甘い息を吐きながら、それを使って今度はゆっくりと幹を擦る。

「っ、……んぅ……」

何度かの摩擦で質量をさらに膨らませてから、仁射那はシーツを濡らさないよう途中で下にティッシュを敷いた。保険医が戻ってくる気配はいまのところない。

(いまの、うちに……)

にちゅっといやらしい水音を立たせながら、仁射那はゆっくりと刀身を扱いた。

こんなところでこんなコトをしている背徳感と、いつ見つかるとも知れないスリルが言い知れない昂揚と恍惚をもたらす。早く達してしまいたい気持ちと、いつまでもこの陶酔に溺れていたい心地の狭間で揺れながら、仁射那は熱く湿った吐息を零した。

「ふ……、ん、……っく」

片手で雁首の根本を押さえながら、これ以上なく露出させた先端に指を押しあてる。縦目に沿ってじりじりと内側の肉を擦ると、叫び出したいほどの快感がソコから生まれた。

「あ、ダメ……っ」

自分ではない誰かがソコを弄っているのだと想像しながら、弱い肉をことさらに嬲《なぶ》る。

この数日で、どこをどんなふうに弄ると気持ちいいのかはかなり学習した。二人にされて気持ちよかったことも復習しながら、仁射那は自分なりに自身の屹立を調教してきたつもりだ。

だが刺激に強くなったという実感は依然湧かない——。むしろ妙にねちっこい自慰が板についてしまい、以前よりも快感に貪欲になった気がするくらいだ。

そもそも自慰では、射精のタイミングをある程度コントロールできてしまう。もしかしたら鍛錬の成果は一人ではわからないのかもしれない、というのが現時点での仁射那の見解だった。

それでも二人を相手にするには、まだ鍛え方が足りない気がしてならない。

(こうして少しずつでも、刺激に慣らしておけばきっと)

成果が現れるに違いない、そう念じながら仁射那は限界まで育った屹立をゆっくりと扱いた。

「ん、ン……っ」

もう十分は耐えたろうか。そろそろラストスパートに向けて刺激を強めながら、声が出ないようきつく唇を嚙み締める。濡れた音とベッドの軋みがにわかに速くなるのをどこか遠く聞きながら、仁射那はこれから迎える絶頂に意識を集中した。

——そのせいで周囲への注意を怠ったのが、致命的な敗因になるとも知らず。

(あ、イく……っ、ア……ッ)

あと少しで達するというところで、

「ニーナ」

突然カーテンが引き開けられた。

「ひぁ……っ」

情けない声を上げた仁射那に、顰め面になった和史の尖った視線が注がれる。

「カ、カズシ……っ」

思いもよらない闖入者《ちんにゅうしゃ》の出現に、仁射那はうるっと両目を潤わせた。同じ男同士だ、何をしていたかは一目瞭然だろう。

「……おっまえ、俺らに禁欲強いといてナニやってんだよ」

しゃっと、後ろ手にカーテンを閉じた和史がずかずかとベッドサイドまで近づいてくる。剣幕に気《け》圧《お》されて縮こまっていると、体を覆っていた上掛けを一気に引き剝がされた。

あまりに突然のことで、両手は屹立を握ったままだ。絶頂寸前だったソコも、混乱と困惑にすっかり乱されて、いまは勢いを失いつつある。

「な、なんで……？」

間抜けな格好で固まったまま、仁射那は唯一自由になる声を絞り出した。

剣呑な気配を背負った和史が、さらにその精度を上げるように眼差しを眇める。

「なんでじゃねーよ。おまえ、更衣室のときから勃《た》ってたろ」

「――……ッ」

（な、な……っ）

まさかその時点から気づかれていたとは夢にも思わず、声もなく悶絶した仁射那にさらなる追い打ちがかけられた。

「試合中も、俺がここまで運ぶ間もそうだったよな」

「き……気づいてたの……!?」

「そりゃな」

そんだけおまえのこと見てっから、とぼそりと零した和史がふいに視線を逸らす。

（……あれ？）

寸前までの不穏なオーラが急激に弱まった気がして、仁射那は内心だけで首を傾げた。このところよく見かける、あの所在なさげな表情を浮かべながら和史がくっと口元を引き結ぶ。

「カズシ……？」

思わず見入っていると、ペースチェンジするように息をついた和史がややしてこちらに向き直った。

物騒な気配を取り戻した瞳が、真っ直ぐに仁射那を射る。

「で、気になって帰ってきたらこれだ。——説明してくれるよな」

「えっと……」

「じゃなきゃここでナニやってたか、クラス中にバラす」

「え、ちょ、本気……っ？」

「嘘だと思うなら、ためしてみるか」

相対した和史の目の奥に、ふっと残忍な光が宿る。

和史はほとんどの場合、有言実行の男だ。やらないとは言いきれないものがある。

「………ア、アユにはぜったい言わないでよ？」

全身で不穏なオーラを発している和史に抵抗できるわけもなく、仁射那は渋々ながら自身の性的事情を打ち明けることにした。

「あのね——」

獰猛《どうもう》さを前面に打ち出した和史に嘘がつけるほど、仁射那は器用なタチではない。できれば秘めておきたかった悩み事を洗いざらい白状すると、和史が呆れたように鼻から息を抜いた。

「なんだそりゃ」

「……言っとくけど、俺的にはすっごく深刻な悩みなんだからね」

話の前にさりげなく戻した上掛けの中で両脚をもじつかせながら、仁射那は頬を膨らませた。こちらの言い分に気抜けしたらしい和史が、脱力したように肩を落とす。よほど呆れたのか、半眼になった眼差しをこちらに注ぎながら、やがてほっとしたように大きく息をついた。

「俺はてっきり……」

ぽろりと言いかけた台詞を、はたと我に返ったように呑み込む。

「てっきり？」

「べつに……何でもねえよ」

「カズシ？」

決まり悪そうに目を逸らした挙動を、横たわったままじっと見つめる。

押し黙った和史の様子をつぶさに観察していると、やがて観念したように「……あーも、わかったよっ」と吐き捨てながら和史が視線を戻してきた。

「俺のせいだと思ったんだよ。俺、おまえに好き勝手してたから」

「あ、自覚あったんだ」

「……アユにも釘刺されたしな」

朝の身勝手な振る舞いを、和史なりに反省しているのだろう。罰が悪そうに首を竦《すく》めながらも、

「悪かったな」

真っ直ぐに目を見ながら、謝罪される。

こちらを見る切れ長の瞳に、打算や計算の色はいっさいない。

（へへ……カズシのこーいうところ、好きなんだよね）

いざとなったら逃げも隠れもせず、堂々と前を向く和史の潔さは仁射那の憧れでもあった。

もちろん最初から腹を括れていればもっと男前度も上がるのだが、そのあたりの逡巡や葛藤《かっとう》も含めて、仁射那には好ましいものに映る。思ったことが口や態度にそのまま出てしまう和史だからこそ、思いはストレートに伝わってくる。

「じゃあ、もうやんない？」

仁射那としても寝込みを襲われるのはいろいろと不本意なので、思わず確認を取らずにはいられない。だが、ストレートが取り柄の和史は素直に「保証はできねえ」と首を振ってみせた。

「おまえは自覚ねーだろうけど朝一のおまえ、すげーやばいんだって。無防備すぎてエロいっつーか。こっちもだいたい朝勃ちしてっし、抗いきれねえっつーか……」

内心を見事にぶっちゃけてくれた和史が、また罰が悪そうに視線を逸らす。

「だいたい、あれでも抑えてる方なんだぜ……」

「え、あれで？」

仁射那的には「どこが!?」と思わざるを得ないのだが、少なくとも一回で終えてるのは和史としては忍耐の賜物らしい。朝練を理由に、暴走したがる本能を必死に抑えているのだという。

「……カズシってつくづく獣だよね」

「うるせー。――けど、今度からはちゃんとおまえの許可取るようにすっから」

襲わないよう努力する、と真面目な顔で続けた和史に、

(ここで『二度とやらない』とか安易に言わないのが、どこまでもカズシだよね)

仁射那は気づけば頬を緩めていた。

「じゃあ、無許可でやったらペナルティにしない？」

和史との朝一セックスは正直言えば夜よりも燃えてしまうときがしばしばあるのだが、いくら気持

ちいいと言えど、一方的に仕掛けられるのはやはり困るのでそれなりの罰は必須だろう。

「たとえば？」

「んー……そうだなぁ」

考え込んだ仁射那の髪を、思いがけず優しい手つきが撫でる。

（わ、ぁ……）

目を上げると、ベッドサイドに腰かけた和史が、いつになく穏やかな表情でこちらを覗き込んでいた。いつもは粗野で乱暴な和史の、めずらしく愛でるような眼差しと手つきに、ちょっとだけ鼓動が速まってしまう。

「えっと……じゃあ、無許可一回で一日お触り厳禁とか？」

「それは堪えるな……」

リアルに想像したのか、眉間を曇らせた和史がややして仁射那の鼻先をきゅっとつまんだ。

「わかった。それでいい」

「約束ね」

仁射那が差し出した小指に、和史がわざと顰めた顔つきで指を絡める。

「つーかそれ、アユにも適用しろよ」

「いいけど、アユはそんな抜け駆けしないよ？」

「わかんねーだろ」

真面目な顔で言い放った和史が、ふいに繋いでいた指を解いて手首をつかんできた。

「——ところで、そっちはどうするよ」

「あ……っ」

完全に油断していた仁射那の下肢を、上掛けに潜り込んできた和史の手がガサツに弄《まさぐ》る。

「まだ芯あるな。抜かなくていいのか」

「ちょ、……っぁ」

不用意にもいまだ剝き出しだったソコを、和史の手が乱暴に扱いはじめた。

「うわ、中ぬるぬるだし」

まとっていた粘液を使って、すっかり戻っていた包皮の中にくちゅり……と指を入れられる。

「ひ……ッ」

「ココ、鍛えてんだろ？」

カバーに保護されていたおかげで粘液をたっぷりと含んでいた内部をぐるりと弄られて、仁射那はビクビクと背筋を戦慄かせた。

「アっ、や……そこは……っ」

「この際だから協力してやるよ」

仁射那の手首を解放した手が、同じように中に滑り込んでくる。同時に腰をひねってこちらに上体を向けた和史が、片手で根本を捕らえるなり、がっちりと固定してきた。

「ヒ……っ、あぁっ」

加減を心得て動く自分の指とはまったく違う、無遠慮な愛撫で過敏な粘膜をぐるぐると嬲られる。無体な仕打ちから逃れようにも、与えられる快感があまりに強すぎてうまく体が動かせない。

「いやっ、ア……ッ、んぁ……っ」

強烈な刺激に、背筋を弓なりにするのだけが唯一できた反応だった。

「お、膨らんできたな。よしよし」

球技で酷使している和史の指は、歩や自分の指と違い、表面が硬くてガサついている。そんな指で神経の塊のような部位を掻き回されるのだから、その苛烈さは筆舌に尽くしがたい。

「――……ッ」

「すげえ溢れてきたな」

粘液の擦れる音がやけに鮮明に聞こえると思ったら、いつの間にか上掛けがまた剝かれていた。あっという間に限界まで育った屹立を、和史の手が弄んでいるのがよく見える。

「おまえココ、弱いもんな」

「あ、ぁ……っ」

根本を押さえていた手が、ひっきりなしに溢れる粘液でぬるぬると屹立を擦りはじめた。熱く猛った芯を扱かれるたびに、赤く充血した先端が何度も見え隠れする。

「――……っ、は、……ッ」

潤みきった窪みや裏筋の括れを丹念に愛撫されて、仁射那は声なき悲鳴をカーテンの中に撒き散らした。両手を汁塗れにしながらも、和史の指戯はまるで弱まらない。

「……つーか、すげーエロいな」

息も絶え絶えな仁射那を顧みることなく、和史がおもむろに顔をよせてきた。

濡れた表面に吐息を感じた直後。

「ヒッ、……――ッ」

熱く蕩けた先端をねろりと口に含まれる。

(嘘……っ)

歩になら毎回に近くされる行為だが、和史にされたのはこれが初めてだった。

「んン……っ、ん――……っ」

戸惑いよりも昂奮が勝るのか、何の躊躇いもなく和史が舌を絡めてくる。先ほどまでソコを弄り倒していた指先に負けず劣らず、舌の愛撫も傍若無人《ぼうじゃくぶじん》そのものだった。

むしゃぶりつくように舌を使われて、一気に頭が真っ白になる。次いで絶頂時のハレーションを瞼に感じるも、体はいつまでたっても射精には至らない。

(な、なんで……っ)

舐め回されるたびにビクビクと腰を前後させながら、仁射那は慌てて自身の手首に歯を立てた。犬歯を喰い込ませた痛みで快楽を中和しようと思うも、比較にならない快感が下肢で弾《はじ》ける。

「――……ッ、……っく、ぅ……っ」

協力してやるといったとおり、和史はひたすらソコだけを刺激し続けた。ざらざらとした舌の表面が、鋭敏な神経を苛むように縦横無尽に這い回る。とっくに達しておかしくないほどの過度な刺激を与えられながら、仁射那はひたすら声を堪え続けた。

(もぅ……だめ……)

ソコへの刺激が強すぎてもイけないのだと――。

そう気づく頃にはすでに仁射那の顔は涙と涎でぐしょ濡れになっていた。途中で和史もそれに気づいたのか、最後にきつく扱いてもらってようやく待ち望んでいた吐精をはたす。

「あ、ア……ッ」

だが、なぜかそれには勢いがなかった。先端の切れ目からどろどろと白濁が溢れ零れる。

寸前で唇を外した和史が、間近で食い入るようにその様を見つめていた。

「……エロいイき方」

(やっ、ちょ……っ、カズシのバカ……ぁっ)

出ているそばから何度もティッシュで窪みを拭われて、イッているというのにそのたびに新たな快感が仁射那を苛む。射出の爽快感は欠片《かけら》もなかった。

熱くなった尿道からじわじわと精液を押し出しながら、ガクガクと全身を震わせる。通常とは違うやけに引き伸ばされた絶頂を、仁射那はしばらくの間味わわされた。

「……途中で先生が帰ってきたらどうするつもりだったんだよ」

仁射那が口を利けるようになるまで、それからさらに十分ほどかかったろうか。荒かった呼吸もようやく治まったところだ。腫れぼったい眼差しで窓辺にいる和史を見やる。

仁射那が絶頂の余韻で喘いでいる間に、和史もちゃっかり一度抜いていた。

純粋に快楽だけを追う自慰では和史も五分保たずにイくらしい。仁射那がそんな観察をしていたことには気づきもせず、和史はさっさと抜くと、手早く部屋の空気を入れ替えた。

「さあな。帰ってこなかったんだからいいだろ」

(そういう問題じゃないし！)

反射的に嚙みつくも、そんな反論を気にかけるふうもなく、ベッドサイドまで戻ってきた和史が何食わぬ顔でまたシーツに腰を下ろす。仁射那と違い、通常どおりの射精を経てすっきりしたのだろう。その表情は憎らしいほどに晴れやかだった。

「そんで？　おまえ、その特訓続けるんだよな」

「……そのつもりだけど」

和史の問いにふてくされながら頷くと、枕に散った前髪をさらりと搔き上げられた。

「ならその特訓、俺が付き合ってやるよ」

「え」

できれば遠慮したいと大きく顔に書いてみたのだが、和史には通じない。

「一人でヤるんじゃ限界あんだろ？　手伝ってやるって」

（いやいや……！）

ありがた迷惑です、とさらにニュアンスを付け足してみるも、どうやら無視されているらしい。和史が目を合わせながら、ニヤリと歪んだ笑みを見せた。

「――ただし、アユには内緒な」

（そーゆうことか……）

イエス以外受け付ける気ゼロの笑顔で迫られて、仁射那は仕方なく縦に首を振った。

「……いいけど、今日みたいのはナシだからね」

「よかったくせに」

「よ、よかったけど！　でも、同じくらいつらかったの！」

さんざん責められたソコはいまも熱を持って疼いている。一度にあれだけの刺激を受けるのはやはり無理があるのだろう。いまは余韻よりも痛みの方が勝りつつあった。だがその痛みの中にも、なぜか官能に通じる痺れが含まれていたりするので、自分でも自分の体がよくわからない。

（少しはいい方向に向かってるといいんだけど……）

枕に額を押しつけながら、仁射那はやるせない吐息を漏らした。

4

和史にはあれから何度か、特訓と称して体を弄られた。

と言っても、二人きりになれる時間と場所は限られている。歩には秘密にしていることもあり、逢瀬のほとんどは放課後の個室トイレだった。当然、和史は部活をサボるか遅刻しての参加だ。

『入れるのはなしだからね！』

これはあくまでも鍛錬であり、宣言は変わらないと何度も確認したおかげで挿入こそされていないものの、ほぼ毎日に近く先端を鍛えられるのは想像以上にハードだった。

保健室での一件があまりにつらかったため、次回からはソフトタッチでお願いしているにもかかわらず、イけないままソコを弄られるのはずいぶん体力を削るのだろう。

（なんかもう、フラフラ……）

連日に及ぶ手淫で、仁射那は目に見えて体力を消耗していた。

「悪いけど、週末の特訓はなしにしていいかな」

金曜になって申し出た要望に、和史は「継続は力だぞ」などと強固に主張していたのだが、仁射那はそれを強引に説き伏せた。人間やればできるものである。だいたい放課後の数十分ならまだしも、土日を使ってじっくりと……なんて体が保つわけがない。

そうして安息の土日をすごし、翌週に入ってからのことだった。

急に練習試合が組まれたとのことで、その日の特訓はお休み。いそいそと帰り支度をしていた仁射那を、ふと呼び止める者があった。

「アユ？」

聞き慣れた声に目を向けると、とっくに生徒会に向かったと思っていた歩が、廊下から仁射那を手招きしていた。鞄を片手に「何？」とふらふら近づいたところで、

「——捕まえた」

思いがけず強い力で手首をつかまれた。

「ア、アユ……？」

「実は、折り入ってニーナに話があるんだけど」

そこで言葉を切った歩が、ゆっくりと瞬きをくり返す。言葉を選《よ》るその仕草を間近で見守っていると、ふいに笑顔で握力を強められた。

「俺に隠し事、してない？」

品のいい柔和な面立ちが、これ以上なく穏やかな笑みを浮かべる。

だが薄茶色の瞳は、明らかに正反対の色味をまとっていた。

（う、わ……）

途端、シャツの襟首から冷水を流し込まれたような心地を味わう。

「べつに、秘密なんて……」

「あるよね、しかもカズシとはそれ共有してるんだ？」

眼差しの温度をそのまま表現したように、ひんやりとした声音が耳元に吹き込まれる。

（なんでバレてんの……!?）

――これは、かなり旗色が悪かった。仁射那の稚拙な嘘や誤魔化しが効く相手では到底ない。そもそもここで取り繕えば、事態はさらに悪化するだろう。そう思うのだが、

「や、その、あの……っ」

何をどう言えばいいのか、混乱して口ごもる仁射那に歩がすっと両目を細めた。

「その辺の話、聞かせてくれるよね」

「せ、生徒会は……っ」

「今日はもう切り上げたから、一緒に帰ろう？」

有無を言わせない迫力に圧されて、仁射那は声もなく頷くことしかできなかった。


歩に連れられて、久しぶりの宮前家に足を踏み入れる。

お茶でも淹《い》れるからとリビングにとおされて、仁射那はソファーの真ん中で縮こまった。

「えっと、カズシは……」

「今日は実家いくって言ってたよ」

「あ、そーなんだ……」

「ニーナの家にも、今日はこっちにお泊まりだって、さっき連絡入れといたから」

「えっ？」

「だから——」

今晩は二人きりだね、とお茶を手に戻ってきた歩が底知れない笑みをひやりと浮かべる。

（う、わ……）

淡々として静かな、けれど激しい憤りを秘めた眼差しに、仁射那は早くも涙目になっていた。

そんな有様で真相を迫られては、とても隠し立てする気になれない。

「ぜ、全部言うから怒んないで……っ」

そうしてすべてを告白するまで、帰宅から五分とかからなかった。

瞳を潤ませながらあらましを話し終えたところで、歩がようやく眼差しから凄味を引く。

「——なるほど。二人でそんな特訓してたわけだ」

仁射那の隣に腰かけた歩が、大げさなほどの嘆息で肩を上下させる。そんな歩の挙動のいちいちに首を竦めながら、仁射那は上目遣いに隣を見やった。

「ていうか、アユはなんで気づいたの……？」

「なんでも何も、俺がニーナの異変に気づかないと思う？」

それに和史の動きはマークしてたから、と歩がまたひやりとした笑みを披露する。

「あの体育の日から何かあったのは感じてたけど、こういう裏だったとはね。こんなことなら泳がせるんじゃなかったな。俺一人だけ蔑《ないがし》ろなんてあんまりじゃない？」

「う……」

返す言葉もなく項垂れていると、視線を持ち上げるように横から顎を取られた。覗き込んできた薄茶色の瞳が、ゆっくりと瞬くのを目の前で見つめる。

「怒ってる……？」

と小声で呟くと、伏せられた睫《まつげ》が落ちた眼差しをきれいに縁取った。

「そこそこって言いたいとこだけど、実はけっこう……ね」

そう溜め息交じりに零した歩が、髪色と同じ睫を、二度三度と緩く上下させる。

「正直、ニーナを好きになるまでこういう感情とはあんまり縁がなかったんだけど、三人での関係がはじまってからはより顕著になった気がするよ」

「こういう感情って……？」

「嫉妬とか執着とか。俺はいまでもニーナを独占したいって思ってるよ」

（あ……）

そう改めて口にされて、胸の奥がきゅっと竦んだ気がした。

「もちろんカズシもそう思ってるだろうけど、俺だって譲れない。だからカズシとの間にそんな秘密があったなんて聞いたら、ちょっと正常じゃいられない」

歩が瞳の焦点を弱らせながら、力なくソファーに手を落とす。歩のオーラが儚《はかな》げに翳《かげ》っていくのをそばで見つめながら、仁射那は堪らない心地が湧き上がってくるのを感じていた。

「……アユ」

日頃から執着や独占欲を隠しもしない和史と違い、歩は普段そういったことをあまり明確に口にすることがない。冗談交じりになら何度もあるけれど、こんなふうに切々と胸のうちを語ってくれるのはひどくめずらしいことだ。

笑顔と口八丁で人を丸め込ませたら右に出る者のない歩の、こんなにも無防備な本音を聞けるのはもしかしたら自分くらいのものかもしれない、と思う。

そう思えば思うほどに、歩を愛しいと思う気持ちが膨らんでいく。

(大好きだよ、アユ……)

気持ちを整理するように瞬きをくり返していた歩の頬に、仁射那はそっと両手を添えた。

「ごめん、ね」

謝罪の意を込めて、歩の頬に軽く唇を押しあてる。

「うん」

仁射那の気持ちを受け容れるようにしばらくじっとしていた歩が、やがてふっと小さく息をついた。

それから「——俺もごめんね」とかすれた声で囁かれる。

「ニーナが悩んでたのに、ぜんぜん気づけなくて……」

（え、あ……）

みるみる弱っていく口調に、仁射那は慌てて首を振った。

「ううん！　ていうか気づかれないよう、俺けっこう頑張ってたもん」

「そうなの……？」

うん、と力強く頷いた仁射那に、歩がようやく表情を緩ませる。

（あ、笑った）

釣られるように、仁射那もニコッと相好《そうごう》を崩していた。よるべないオーラを背負い本音を吐露する歩もたまにはいいけれど、好きな人にはやっぱり笑顔でいて欲しいなと思ってしまう。

へへーと眦《たゆ》を弛ませると、歩がますます笑みを深めた。

「でもニーナの涙ぐましい努力は買うよ。男として、って気持ちもわかるしね」

「本当っ？」

「もちろん」

笑顔できっぱり肯定されて、仁射那はわずかだが胸が軽くなるのを感じていた。こちらの大真面目な告白に、呆れ顔で溜め息をついた誰かや大笑いした誰かとは大違いである。

「――ただ」

そこでふいに言葉を切った歩が、おもむろに首筋に手を伸ばしてきた。先ほどまで曇りがちだった

瞳の色が、ほんのわずかだが変わったことに気づいた直後、

「ひゃっ」

冷たい指先に、耳の裏をそろりとくすぐられた。

耳元から鎖骨へと降りてきた人差し指が、そのままシャツを滑って胸を下りはじめる。

「ちょ……、アユ……？」

「そういう特訓なら、カズシより俺の方が貢献できると思うんだけどな」

「え、あ……っ」

尖りに爪を立てられて、思わず甘い声が漏れてしまった。

「ニーナの体を誰より知ってるのは、俺だよ」

右よりも左の方が感じやすいことを知っている指が、執拗に左ばかりを責めてくる。あっという間に硬くなった尖りをカリカリと爪で引っ掻かれながら、仁射那はますます瞳を潤ませた。

「アユ……」

「ためしでいいから、俺に任せてみない？」

言いながら、歩が少しずつ指の動きを緩慢にしていく。しつこく苛まれていた分だけ物足りなさを覚えて、気づいたら仁射那は眼差しに懇願の色を滲ませていた。

「……も、っと」

答えを待つようにこちらを覗き込んでいた歩に、震える唇で続きをせがむ。

「もっと、たくさん弄って……？」

熱っぽくかすれた声で必死に願いを告げると、歩がふわりと表情を崩した。

「――いいよ」

「あァっ」

途端に激しい愛撫が再開されて、仁射那はソファーの背に身をのけ反らせた。

「ココをこうされるの、好きだよね」

淫猥《いんわい》な痺れが、弄られている胸から下半身へとダイレクトに伝わっていく。くり返されるたびに大きくなるその波が、にわかに肌を粟立たせる。やがて。

「ぁ……、んっ」

引っ掻くだけの刺激では足らなくなった頃合いを見計らって、歩がきゅっと尖りをつまんだ。

「アぁ……ッ」

電流のような快感が背筋を駆けて、この二日間休ませておいた屹立に完全な火を灯す。

「こんなふうにされるのもすごく好き、でしょ？」

「あ、ヤ……っ」

つまんだ尖りを引っ張っては捏《こ》ね回される刺激に、仁射那は立て続けに嬌声《きょうせい》を上げた。

与えられる快感にビクビクと全身を波打たせながら、ソファーの背に縋って快感に耐える。弄られているのは胸だけだというのに、早くも下着の中は濡れつつあった。

「もしかしたらニーナ、胸だけでイけるんじゃない？」

「やっ、無理……っ」

「そうかな。——無理かどうか、やってみようよ」

絶え間ない刺激に晒されていた尖りが、唐突に指戯から解放される。

（ア、ユ……？）

荒い息で胸を喘がせながら、仁射那は涙ぐんだ視界で歩の両手を捉えた。節の目立たないスマートな指先が、シャツのボタンをひとつずつ外していく。

「ん……、ぁ……」

現れた素肌に、歩の冷たい掌が宛がわれた。

「ドキドキしてるね。カワイイ」

和史とは違う滑らかな指の感触が、片側だけ赤くなった尖りの周囲をなぞりはじめる。

「じゃあ、いくよ？」

視界にフェードインしてきた歩の唇が、ふっと甘い笑みを浮かべた。

直後に開いた唇が、ぷっくりとした尖りに被せられる。

「あ、ァ……、あ……っ」

ねっとりとした舌の感触が、弄られて過敏になったソコを丹念に可愛がる。くすぐったさの入り混じった感覚に、仁射那は仔犬のように鼻を鳴らしていた。

先ほどまで少々手荒に扱われていた分、優しい愛撫を受けて下腹部の奥が切なく疼く。

「んぅ……ぁ」

時おり吸われながら舌で転がされて、仁射那は甘い吐息を零した。

先ほどまで緊張の連続を強いられていた体が、丹念な愛撫によってゆっくりと弛緩していく。

そうして仁射那の体が緩みきった頃に、

「ン、ァ……――ッ」

弾力を確かめるように、強く歯を立てられた。

硬い上下に挟まれたソコを、さらに舌先でくるくると嬲られる。

「やっ、だめ……っ」

突然の衝撃に、仁射那は呆気なく下着の中に放っていた。

「……っ、……っふ……」

息を詰めながら腰を前後させる仁射那に、歩がふっと笑みを零す。唾液で濡れた肌の表面を、歩の吐息がにわかにくすぐった。その感触にすら感じて、また腰を突き出してしまう。

仁射那がイき終えるのを待ってから、歩はようやく顔を上げた。

「ほら、イけた。――ね?」

艶《あで》やかに笑いかけられて、思わず頬を濡らしてしまう。

(あ、あんなに鍛錬したのに……っ)

屹立に触れられないまま迎えてしまった絶頂に、仁射那は目の前が真っ暗になった気がした。

これでは以前と何も変わらない――。むしろ乳首だけでイってしまったことを考えると、もしや裏目に出ているのではないかという不安に襲われる。

「ひっ、……ぅ」

唐突に泣きじゃくりはじめた仁射那の頬に、歩が優しいキスをくれた。

「――たぶんだけど、ニーナの場合、下を鍛えるだけじゃ足りないんじゃないかな」

体のあちこちが感じやすいから、いずれの箇所もたくさん慣らさないとね、と歩が涙を啄みながら優しく囁く。

「だから、俺と一緒に頑張ろう？」

声音と同じくらい優しい手つきに涙を拭われて、仁射那はズン……と鼻を鳴らした。

「早いの、治るかな……」

「焦らずに取り組めば、きっと大丈夫」

穏やかな笑みを浮かべた歩が、トンと額を合わせてくる。

「……なら、頑張る」

その仕草に安心感を覚えながら、仁射那は小さく頷いてみせた。――だが、はたしてその判断が正しかったのかはわからない。

（ていうかアユ、実はまだすごく怒ってるんじゃ……っ）

泣きどころを熟知した歩の絶技に、仁射那はその後ひたすら泣かされるはめになった。

「ひ……ッ、あァ……っ」

これまでに開発された体中の性感帯を、ひとつひとつ確認されるたびに甘く苦しい吐精を余儀なくされる。歩の手によって、仁射那は数えきれないほどの絶頂を強いられていた。

「もう、や……っ、イきたくな……っ」

切れ目がしゃくり上げるだけでろくに出なくなっても、歩の愛撫が緩むことはない。

「いい子だから我慢して」

ゆっくりと緩慢に、けれど確実に追い詰める手管《てくだ》に翻弄されて。

(あ……ムリ、ぃ……)

仁射那はいつしか気を失っていた。


チャプン……というこもった水音に鼓膜を犯される。

(なんか、すごく気持ちいい……)

温かく快い感覚が、気づけば仁射那の全身を充たしていた。

「アユ……?」

意識が判然としないまま目を開く。すると見慣れたバスルームの風景がそこにあった。

どうやら事後の体を、歩によって洗われているらしい。バスタブに沈んだ歩の胸に背中を預けながら、湯気で充たされた浴室内にぼんやりと目を凝らす。

「――めずらしい。起きたんだ」

ちょっと意外そうな歩の呟きが、ぼそりと耳元で聞こえた。

「え……？」

「おはよう、ニーナ。って言っても、もう夜の十時だけどね」

仁射那の前に回されていた手が、チャプンとすくった湯を胸にかける。そのついでのように尖りをつままれて、仁射那は反射的に鼻を鳴らしていた。

「ン、ん……」

感度をためす愛撫とは違う、優しく労わるような手つきがゆったりとソコを撫でる。やがてくすぐったくなってきて腰をもじつかせると、ふふっと楽しげな吐息が耳元に触れた。

「いつもは目を覚まさないのに。今日はどうしたの」

物柔らかな声音に問われて、いまだ夢見心地のまま首を傾げる。

「いつも、って……」

「気を失ったニーナをお風呂に入れるの、何回目になるかな」

「そうなの……？」

「そうだよ。――ただし時間があって、カズシが寝てるとき限定だけどね」

歩曰く、こんなふうに仁射那を独り占めするのはもう複数回に及んでいるらしい。

三人でシたあとはたいがい、和史が最初に風呂に入ることになる。理由は簡単、カラスの行水だからだ。そして上がるなり寝てしまうか、もしくは風呂に入る前に眠気で撃沈してしまうかの二択がほとんどなので、以前からその時間を使ってこんなふうに抜け駆けしていたのだという。

部活で体を動かしているせいか、和史は一度寝つくとなかなか起きない。それもよくわかったうえでの犯行だと、歩は楽しげに自白してくれた。

「俺でもニーナくらいは運べるからね」

気を失った仁射那の体を丹念に洗い、ふかふかに仕上げるのが楽しいのだと、まるでペットに対するかのような感想を歩が述べる。

「……アユったら」

「あ、でも悪戯はしてないからね」

どっかの野獣とは違うから、と歩が首筋に口づけながら項《うなじ》に鼻先を埋めてくる。

「――だから、カズシの所業とはべつに考えてね」

こもった吐息を生え際に感じながら、仁射那は湯気に溜め息を溶かした。

(まったく……)

ペナルティの件をさりげなく匂わせながら牽制する歩に、思わず苦笑してしまう。

「アユも、変なとこで子供っぽいよね」

「こんなふうに甘えるのはニーナにだけだよ」

言いながら、胸を撫でていた手がするんとお湯の中に消えていった。

「だから、もう少し甘えてもいいい——？」

「あ……」

立てた膝を割られて、下肢の狭間に手が回される。

「無理……もうイけないってば……」

「ちょっと触るだけ。ね？　だからニーナも、触ってくれる？」

「え？　……あ」

いつから反応していたのか、硬くなった歩のソレが尾てい骨に押しつけられた。

「ア、アユ……」

「実はまだイッてないんだ。できれば、ニーナの手でイかせて欲しい」

欲情で熱くなった吐息が「ダメ……？」と耳元をかすめていく。

（ずるい、アユ……）

こんなふうに誘えば仁射那がなびくと、わかったうえでやってるのは明白だ。

「……ねえ、ニーナ」

仁射那が応えるのを確信しているくせに、歩がまた甘い吐息を零す。

（確かに、シてもらうばっかりってのも何だし）

歩も和史同様、挿入せずにいてくれたので、もらった快感を返せるものなら返したいとそう思いもする。だがすぐに実行に移すのはなんだか悔しくて、仁射那はなかなか動けずにいた。

すると——。

「それとも、こっちでシてくれる？」

屹立を離れた指先が、奥の窄まりをくるくると撫でてくる。

「……ッ」

「俺はどっちでもいいよ」

同時に耳の裏を吐息でくすぐられて、仁射那は声もなく身を竦めた。

ここしばらくの間、ずっと使っていなかった綻びを指先でそっとつつかれる。

「わ、わかったから……！」

慌てて背後に両手を回すと、仁射那は手探りで歩の屹立をつかんだ。

（あ、思ってたよりおっきい……かも）

しっかりと芯を持っていたソコを、後ろ手に握りながらゆっくりと上下に擦る。

「うん、そう……すごくいいよ」

歩の吐息と連動して、掌に伝わってくる脈動が妙に愛おしかった。

動くたびに揺れる水面が、胸の尖りをいったりきたりする。自分がされてよかったところを熱心に擦っていると、やがてぬるりと指先が滑るようになった。

「ん……っ、……く」

湧いてきた粘液をこそげ取るように切れ目を撫でると、歩が堪えきれなかったように鼻にかかった息を漏らす。そのお返しのように、歩の手もまた仁射那の屹立をやんわりと刺激しはじめた。

そうして互いの欲望を育てたはてに、

「――……っ」

歩が息を詰めて絶頂を迎える。

「んぁ……っ、ン……」

同じくオーガズムに達しても出すもののない仁射那は、代わりに開いた口からたらりと唾液の糸を滴らせた。

「――大好き、ニーナ」

項にちゅっと口づけられながら、仁射那はのぼせた体をくったりと歩の胸に預けた。

5

やはりなんだかんだ言って、歩の怒りは根深かったらしい。

『カズシと特訓した分だけ、俺とも頑張れるよね』

有無を言わせない歩の笑顔に迫力負けして、仁射那はあれから歩とも何度か鍛錬を重ねた。

歩にもバレてしまった以上、個別に訓練する必要性はないのではないかといちおう訴えてはみたのだが、「平等って大事だよね」などと前述の理由を持ち出されて、けっきょくは和史とシた回数分だけ歩にも教授を受けるはめになったのだ。

事態を知れば和史も黙ってはいなかったろうが、不幸中の幸いと言うべきか、顧問の意向でレギュラーに昇格させられた和史は、このところバスケ三昧の日々を送っていた。

(でも、そろそろ限界……)

イけないまま先端ばかりを弄られる和史との特訓もつらいが、全身の性感帯を開花させられて、ここぞとばかり連続絶頂を強要される歩との鍛錬もやはりつらかった。

けれど回を重ねても、あまり目覚ましい効果は見られない。

(昨日だって、けっきょくたくさんイッちゃったし)

刺激に慣れればイかなくなると歩は言うけれど——仁射那の体は、とことん快楽に弱かった。

早くて悩んでいるというのに、この数週間でむしろさらに早くなった気がするくらいだ。

「じゃあ、今日からはどうしようか」

昨日でようやく和史との回数に並び、歩的に満足がいったのだろう。ノルマから解放された仁射那に、歩が笑顔で問いかける。

（って、ここでそんなこと言われても……）

昼休みの食堂で向かい合いながら、仁射那はカッと頬を熱くした。

ここ数日、昼は歩と二人きりで取る日が続いていた。大事な試合が近いとのことで、和史は昼休みまで返上して部活に勤しんでいるらしい。朝も放課後も拘束される生活に本人はおおいに不満を漏らしていたが、先日の遅刻やサボりが響いているらしく、どうも逆らえない状況にあるらしい。

本人のやる気はともかく、和史には才能がある。周囲としてはあれを腐らせておくのが歯がゆくてならないのだろう。チームの主軸になるよう期待をかけられているにもかかわらず、部活より色を取ってしまうあの性格に難儀させられているのは間違いない。

仁射那としても和史には活躍してもらいたいので、歩にまでバレてしまったことはまだ内緒にしていた。もし露見したら、全力で部活を投げ出すに決まっている。

（そんなことさせられないし）

デザートのプリンを口に運んでから、仁射那は替わりに淡い溜め息をスプーンに載せた。

あの宣言から約三週間――。七月に入ったいまになっても改善が見られない現況は、仁射那にとってすっかり憂鬱の種になっていた。

目に見える成果もないまま体ばかりを追い詰める行為に、もはや意味があるとも思えない。

「……もう、アユとは特訓しない」

そうポソリと零すと、歩が寂しげな笑みで肩を竦めてみせた。

「――カズシとはしたいの？」

「ううん、カズシともしないよ。……だって」

効果が感じられないから、と憂《うれ》えげに眼差しを伏せながらまたプリンを口元に運ぶ。

（このまま、ずっと一生ああなのかな……）

べつに命にかかわることでなし、女子を相手に持久力を披露する機会があるわけでもない。たいした問題じゃないと言えばそうなのかもしれないが、しかし――。

女性のように「される」側だからこそ、男性的な矜持《きょうじ》をひとつは保っていたい。

たぶん、この悩みはそこに端を発しているのだろう。二人のことが大好きだし、体を重ねることに対しても抵抗はない。むしろ、そうして繋がれるのが嬉しくもある。

愛され、求められている実感を、心と体でこのうえなく感じられるから――。

でもそれだけじゃ満足できないモヤモヤが、どうしても胸のうちに残ってしまうのだ。

（あ……これって、もしかして……）

ふと思いついた可能性について、仁射那は気づいたらそのまま口にしていた。

「俺、もしかしたら二人に対抗してたの……かも？」

「対抗？」

「うん。――あのね、たぶん悔しいんだ。二人には何ひとつ勝てないから」

首を傾げた歩に「へへ」と笑いかけてから、仁射那は掌を合わせて親指に唇を添えた。

（そっか、そーいうことか）

身長や体格ではもちろん、身体的な資質や才能では和史に敵わないし、歩の明晰な頭脳や冷静な判断力は仁射那の憧れでもある。そんな二人に比べると、自分はただ可愛がられるだけの存在で、何の取り柄も持っていないような気になってしまうのだ。

（こんなんでいいのかなって）

きっと潜在的な不安と葛藤とが、そんな形で浮上してきたのだろう。

「それが、早いかどうかの問題に繋がるの？」

「んー……そこはプライドっていうか。だってさ、情けなくない？」

セックスのたびに自分の不甲斐なさを、これでもかと自覚させられるのだ。

男として羨望する二人を相手に。

（だから、そこを直せたらちょっとは自信持てるかなって）

こんがらがっていた悩みを解いてみたら、ずいぶん単純な思いが核になっていたようだ。モヤモヤでこれまで見えなくなっていた自分の気持ちが、ようやくすっきりと見とおせた気がした。

むろん悩みの根本が見えただけでまだ解決はしていないけれど、そう焦ることもないのかもしれないと、そんな穏やかな気持ちがふわんと胸に広がっていった。

「うん。なんか、ちょっと落ち着いたかも」

食べかけだったプリンをまた口に運びながら笑うと、歩が釣られたように破顔してみせた。

「そうなの？」

「うん」

「――ニーナがよければ、全部それでいいよ」

ほとんど言葉にせず自分だけで納得してしまったので、歩には話の筋がほとんど見えなかったろうに、経過を質《ただ》さず、結果をぽんと受け止めてくれる懐の広さは歩ならではだ。

微笑ましげに瞳を弛ませていた歩が、緩慢な瞬きを数度重ねる。

「でも、ニーナに勝てないのは俺らの方なんだけどな」

「えー？」

初耳な言葉に目を丸くすると、歩がおもむろに溜め息をついてみせた。

「……この三週間、俺らがどれだけ振り回されたと思ってるの」

「そんなに？」

「ほら、自覚ないんだから」

途端に疲弊した眼差しを浴びながら、仁射那は軽く首を傾げた。

「でも、俺もすごく振り回されたと思う」

「そもそもはニーナからはじまったことでしょ？」

「あ、うん。……んー……？」

「だよね。そーいうところも含めて、敵わないなって話」

よくわからないまま話を締め括った歩が、「それよりも」と話題をほかへと転じる。

「あの宣言はまだ有効？」

「あ、じゃ撤回しようかな。――なんか、もうわかったし」

「そう」

「うん、今日から解禁ね！」

スプーンを食みながらニッコリ笑ったところで、

「――聞いたぞ、いまの」

背後からいきなり頭をつかまれた。振り返るまでもなく、声ですぐに犯人が知れる。

「あっれ、昼練は？」

「ぶっちぎった」

「いいの？」

「知るか。もういいかげん疲れた……」

そうぼやきながら仁射那の隣に腰かけた和史が、ジャージ姿のままテーブルにごつんと額を落とした。さすがの和史も、連日の練習で参ってるようだ。

「あんな部、今日にもやめてやらー……」

目を閉じてそう呟く黒髪に、何とはなしに指先を埋めて掻き回す。

「やめちゃうの？　俺、バスケやってるカズシ、すごく好きなのに。かっこよくて」

「――………っ」

途端に、かすかだが小さな唸《うな》り声が聞こえた気がした。

そのやり取りを向かい側で見ていた歩が、堪えきれなかったように笑い声を上げる。

「やめないよね、カズシ。そんなふうに言われちゃーねぇ？」

クックツと肩を揺らしながら話しかけた歩に、「うるせー……っ」と、和史が憮然とした声を返す。

その耳元が、なぜか赤く染まっているのを、

（変なカズシ）

仁射那は首を傾げつつ眺めた。

「それで？　カズシは今晩、どこに泊まるの」

ほどなくして笑いを収めた歩が、いまだテーブルで項垂れている和史に声をかける。

「聞いたでしょ、撤回宣言」

「……あー聞いたな」

ややしておもむろに顔を上げた和史が、真顔でこちらを覗き込んできた。

「つーか、どうするも何も一択だよな？」

「わ……っ」

テーブルの下で見えないのをいいことに、和史が仁射那の腿に手を伸ばしてくる。すると対抗するように、歩の爪先までが向かい側から伸びてきた。

（ちょ……っ）

器用にスラックスをめくった上履きにふくらはぎをなぞられつつ、無骨な指にざわざわと膝頭をまさぐられる。

「確かに一択だね」

「んじゃ、そういうことで」

「え、え？」

（何が……!?）

短いやり取りで意思の疎通を図った二人に、仁射那はその後しばらく遊ばれるはめになった。

素知らぬ顔でくり広げられる暴挙こそが、質問の答えなのだとそう気がつくまで——。

夜になって、宮前家のベッドに久しぶりの三人が顔を揃える。

「なんか、ちょっと緊張……」

壁を背に座った和史に後ろ抱きにされながら、仁射那は自身のシャツに指をかけた。

ぽつぽつとボタンを外す間に、前に回った和史の指が仁射那のベルトを解きにかかる。

「そういえばニーナ、ローターひとつ持ち出したでしょ」

その傍らでナイトテーブルの引き出しを検《あらた》めていた歩が、必要なものを取り出しながら視線だけをこちらに投げかけてきた。

「あ、う……っ」

数あるうちのひとつだったので、まさかバレてるとは夢にも思わず。ギクリと背筋を震わせた仁射那に、和史が唇をよせながら低音を響かせる。

「へえ。一人遊びのバリエーション、増えたんじゃねーの？」

すでに反応しているソコをそろりと撫でられて、仁射那はびくっと腰を前後させた。

「じゃあ、せっかくだから披露してもらおうか」

そんなことを言いながらベッドに上がってきた歩が、もたついていた仁射那の手を止めてシャツを脱がせにかかる。前後からの介助のおかげで、仁射那はあっという間に裸に剝かれてしまった。

「え、や……」

はい、とローターを手渡されて戸惑っているうちに、立てた膝を背後からすくわれる。

「よく見えるようにしねーとな」

和史の脚を跨ぐように開かれて、あられもないM字にさせられた。

隠しようのない狭間に一気に視線が集まる。それを意識した途端、屹立がピクンと首をもたげた。

「それで、ここからどうするの？」

正面に膝をついた歩が、戯れに指を伸ばしてくる。

「あ……ッ」

触れるか触れないかの微妙なタッチで先端をかすめられて、仁射那は思わず声を上げていた。

それがきっかけだったように、官能のスイッチが脳内でオンになる。

（えっと、ココを剝き出して……）

気づけば、特訓の成果で身についた手順を丹念に追っている自分がいた。

ここ数週間で覚えてしまった快楽を求めて、ローターを裏筋にそっと押しあてる。リモコンのスライドを弱に動かすと、途端にさざ波のような快感が押しよせてきた。

「あぁ……ッ」

先端を握って、一度容赦ない振動を味わってから、今度はそれで輪郭をなぞるように動かす。

「あっ、ァ……っ」

過敏な神経の塊を、ひたすら苛む無機質な振動。

ビー……ンというモーター音に、やがて粘液の擦れるいやらしい水音が交じりはじめた。

屹立の根元を片手で支えながら、濡れた蜜口をローターで撫でる。

「ん――………っ」

湧き上がる粘液の中を泳がすように動かすと、甘い痺れが一気に腰の奥まで広がった。

内腿の筋がビクビクと戦慄いてしまう。

「ぁ……、あっ」

反射的に閉じようとした膝を、和史がすかさず左右に割り開いた。さっきよりもさらに開脚させられて、まるで見せつけるようにソコを突き出した姿勢になる。

「や、やだ……っ」

ふと我に返って首を振ると、いきなり首筋に歯を立てられた。

「ひぁっ」

「――ヤじゃねーよ」

肌に刻んだ歯形を、和史が熱い舌で舐め回す。

「んっ、……ぁあ」

その感触に身じろいでいるうちに、手からぽろりとローターが落っこちた。それを拾おうにも和史が内腿を撫で回しはじめたので、叶わないまま身をくねらせるはめになる。

「やれやれ……」

シーツの上で振動しているそれを拾い上げたのは、歩だった。

「じゃあ、続きは俺がしてあげようか」

（え、え……――）

そこからはすっかり趣向が変わってしまい、前後から熱の入った愛撫を受けることになる。

背後からは熱い掌で体中を、正面からはローターで屹立を撫で回されて、仁射那はほどなくして絶頂を迎えた。断続的に放った白濁が、ぱたぱたとシーツに飛び散っていく。

「……っ、はぁ……」

快感の余韻にぐったりしていると、ローターを置いた歩がおもむろにまた手を伸ばしてきた。

「今日はいいもの着けてあげるね、ニーナ」

言いながら、傍らにあった何かを屹立の根元にパチンと嵌められる。

（え……？）

快楽で潤んでいた目を凝らすと、それは小さなベルトのようなものだった。

「何、それ……」

「こうやって根元に嵌めて使うんだよ。こうすると簡単にはイけないから――」

長く楽しめるでしょ、と歩が鮮やかな笑みを披露する。

「もともとは早漏対策で用意したんだけど、日常的に使うのも悪くないと思ってね」

「え、ちょ……？」

「射精ってやっぱり体力消耗するから、イきすぎ防止にいいかなって」

（えー……ッ）

これまでにも何度か、根元を握られてイけないようにされた経験はある。が、それとこれとは大違いな気がして、仁射那は反射的にベルトに手を伸ばそうとした。しかし――。

「おっと、外すなよ」

仁射那の両手を素早く捕らえた和史が、後ろ手に手首をまとめてしまう。

「やっ、カズシ……っ」

そのまま上体を強引に倒されて、仁射那は腰だけを掲げた姿勢を取らされた。

「久しぶりだから、よく解さないとね」

万端にアイテムを準備した歩が背後に回ってくる。ゆっくりと開かれた狭間にたらりとローションが垂らされた。それからたっぷりと時間をかけて、念入りに窄まりを解される。

（ひ、ぃ……っ、あ――……っ）

久しぶりに受ける中への刺激に、仁射那はひたすら甘い息を漏らした。無骨な指と繊細な指とが、同時にぐちゅぐちゅと内部を掻き回す。

「そろそろいいかな」

そうして歩のゴーサインが出る頃には、仁射那はシーツに熱い粘液を滴らせていた。

根本を縛められたせいでいつもより赤く膨張した屹立が、ひっきりなしに涎を垂らす。たまに無造作にソコを弄られると、耐えがたい快感が全身を駆け抜けた。

「ん……、ぁッ」

弄られて口を開いた窄まりに、ぐっと和史の先端を呑み込まされる。

そのまま束ねられていた手首を引かれて、また強引に姿勢を変えられた。前傾したまま中途半端に膝立ちさせられて、自重で一気に奥まで屹立を咥え込む。

「――……ッ、ぁあ……っ」

（すごい……イイ……）

ここ数週間ほどご無沙汰だった充足感に、仁射那は甘い吐息を零した。

中を緩く前後されるだけで、蕩けそうな感覚が込み上げてくる。気づけば両腕の拘束は、手首から肘へと移っていた。

姿勢が不安定なせいで、揺すられるたびに熱い屹立が内部のあちこちを突いてくる。

「あっ、ア……ッ、……ぁっ」

時おり瞼の裏で白光を弾けさせながら、仁射那は気づいたら頬を濡らしていた。

「可愛いよ、ニーナ」

頬を伝い、顎から滴ろうとしていた涙を、歩の舌がそっと舐め取る。跡をたどるように上がってきた唇が、やんわりと仁射那の唇を塞いだ。

直後に屹立を撫でられて、息を呑む。

「――……ッ！」

キスで悲鳴を塞がれながら、仁射那はガクガクと腰を震わせた。その痙攣を楽しむように、和史がより深くまで突き入れてくる。同時に、歩が屹立同士を片手で束ね合わせた。

イけない昂りを可愛がられながら、背後からの律動に前立腺を捏ね回される。

（あ……、もう……ッ）

そこからの記憶は、断片的にしか思い出せない。

あらゆる体勢で、数限りない刺激に晒されて、限界まで育った屹立を解放されたときには忘我の極地にまで追い込まれた。堰《せ》き止められていた精を吐き出すまでの長い間、仁射那はよさのあまりに泣きじゃくり続けたほどだ。そのうえ、そこで終わるのかと思いきや、仁射那の痴態に触発されたらしい二人にさらに追い立てられて、途中からはゴムも使わず中に出された。

年頃の性衝動の暴発とは、かくも恐ろしいものだ——。

いつになく激しかった行為のせいで、仁射那は終わってもなかなか息を整えられないでいた。ぐったりとシーツに横たわりながら、新たに芽生えてしまった『悩みの種』に思わず唇を噛み締める。

前を解放されるまで、仁射那は後ろでの絶頂を死ぬほど味わわされた。これまでにもドライでイッたことはあったが、その比ではない快感に何度、意識を飛ばしたことか。

（後ろであんなに感じちゃうなんて……）

自分の体が、にわかに怖くなるほどだった。

もしかしたら早漏より重大かもしれない深刻な悩みに、胸の真ん中がずしりと重くなる。

「ねえ……俺、淫乱すぎじゃない……？」

知らず涙目になりながら、すでに片づけに入っている二人に声をかけてみるも、

「それのどこが悪い」

「何が悪いの？」

光の速さで答えられて、反射的に目を丸くしてしまう。

（あ、いいんだ……？）

本気で悩んでいた自分がバカらしくなってしまうほどの即答ぶりに、仁射那は一気に体中から力が抜けていくのを感じた。

「……よかっ、た」

安堵で頬を緩めた途端、強烈な眠気に襲われる。

「ニーナ？」

左右から呼びかけられる声を遠く聞きながら、仁射那はいつしか夢の住人になっていた。

エピローグ

翌日の昼休み——。屋上で顔を合わせた面子《メンツ》は、小学校からの腐れ縁の三人だった。

「なるほど、一件落着ってわけだ」

コンクリートの台座に背もたれて座りながら、本橋がパックジュースに口をつける。

「……まあ、そうなんだけどね」

フェンスを背に立ちながら、歩はやるせなく息をついた。本橋の向かいでは胡坐《あぐら》を掻いた和史が一個目のメンチカツサンドを頰張っているところだ。この面子で昼食を取るのは中学以来だなと思いつつ、歩も手にしたクロワッサンをちぎる。

いまこの場に仁射那がいないのは、昨夜、無理させたからにはかならない。

仁射那の宣言のおかげでこの三週間、自分も和史も禁欲を強いられていたようなものだ。秘密がバレてからの後半は多少、仁射那の体に触れることもできたけれど、それでも欲求不満を解消するほどの交接は得られないまま、昨日の撤回宣言を迎えたわけで。

歯止めなど利くわけがない——。

（さすがに、今日は起きられなかったもんね）

ベッドの中でぐったりしていた仁射那の横顔を思い出しながら、チクリと疼く胸の痛みに耐える。

自分も和史もキチクかと思うほど、昨夜はあの細い体を貪ってしまった。

その反省が歩の顔色をいくぶん翳らせているのだが、片棒を担いだ和史はと言えば清々《すがすが》しいほどにすっきりとした顔つきをしていた。

(野獣に理性は望めない、か)

口にしたら即座に噛みつかれるだろう感慨を胸のうちだけで零してから、

「いろいろありがとね、モト」

歩は本橋に向けて手刀を掲げた。それを受けて本橋がニッと歯を見せて笑う。

「どーいたしまして。ま、かーなり笑わせてもらったし?」

その辺の経緯については仁射那からも聞いている。思わず苦笑いを返してから、歩は背にしたフェンスを小さく軋ませた。青空と灰色の雲とで半々になった空模様を仰ぎながら、これからくるであろう灼熱の季節にしばし思いを馳せる。

仁射那はけして虚弱体質ではないが、昨夜のようないきすぎはやはり、自重しなくてはならないだろうと肝に銘じる。宮前家でのにわか三人暮らしがはじまってから、長期休暇を迎えるのは今度の夏が初めてだ。いまの勢いのまま突入したら、仁射那の体が保つわけがない。

(もっとも、これはカズシに言い含めないとだけど)

まだ食べるつもりなのか、真剣な面持ちで購買部の袋を物色している和史の様子を見下ろしながら、歩は嘆息で肩を落とした。

昨夜の時点で、互いの経過については報告し合った。

自分を蔑ろにした和史の所業に関しては思うところも多々あるが、その点はお互いさまだろう。自分の知らないところで和史が好きに興じていたように、自分も和史の目の届かぬところで存分に仁射那の体を弄らせてもらったのだから、そこはイーブンということで話はついた。

（抜け駆けも、実はお互いさまだしね）

仁射那には悪戯はしていないと言ったが、実のところ真っ赤な嘘だ。意識のない仁射那の体でどれだけ遊んだことか。もちろんそんなこと、二人にはぜったい言わないけれど。

「筧が休むのも無理ねえって話ね。つーかおまえら、そんなんで夏休み乗りきれんの？」

奇しくも同じことを考えたらしい本橋の言葉に、和史が涼しい顔で「さあな」と肩を竦めてみせる。

「そこの、紳士顔のキチク次第なんじゃねえ？」

失礼な物言いに片眉だけを上げてから、歩は余裕の態で眼差しを細めた。

「獣にもそろそろ、相応の躾が必要だよね」

カズシの眇めた視線と真っ向から対立する。仁射那がいたらすぐにも仲裁に入っていたろう剣呑なやり取りを、本橋は至って寛いだ様子で眺めていた。あまつさえ、

「――楽しそうだねぇ、おまえら」

その一語に尽きるとばかり笑われて、気づけば視線を合わせたまま和史と苦笑してしまう。

（そうなんだよね）

仁射那を独占したい気持ちはいまも厳然とあるけれど、いまのこの関係もなかなか悪くないと最近では思いはじめていた。仁射那を間に和史とやり合うのも、一種の張り合いだ。互いに本音をぶつけ合ってはいるが、さりとて本気でいがみ合っているわけでもない。

仁射那を競うライバルであることに変わりはないが、三人での関係は奇妙な連帯感と結束力をも同時に生み出していた。思っていたよりも、三角《トライアングル》というのはバランスがいいのかもしれない。

「ま、たまの禁欲が悪くねえってのはよくわかった」

「——あ、それは俺も賛成」

加えて、根本的なところでの考え方や感じ方が似ているのも安定要因のひとつに違いない。

「禁欲挟むといつもより燃えるっつーか、滾《たぎ》るっつーか」

「昨夜、やばかったもんね」

仁射那の体を知って以来、快楽の上限は回を追うごとに塗り替えられている気がしてならないのだが、昨日の情事はその最たるものだった。それは仁射那も同じだったようで、

『つらかったけど、いままでいちばんヨかった……』

との言質《げんち》もすでに取ってある。我慢を重ねたからこその結果は、夏休み対策にも応用できるだろう。どのみち自分には予備校の夏期講習が、和史にはバスケ部の夏合宿がそれぞれ入っている。その兼ね合いも加味しつつ、禁欲スケジュールを組めばうまく夏を乗りきれるはずだ。

「んじゃ俺、いくわ」

口に詰め込んだ焼きそばパンをむしゃむしゃと咀嚼しながら、和史が腰を上げる。

「昼練？」

「ああ。とりあえず顔出しとく」

スラックスを叩いた和史が、さりげなく本橋の肩に手を置いた。

「世話んなったな」

そう一言かけてから踵を返す。それに「おー」と反射的に応じてから、本橋がひどく不思議なものでも見るように後ろを振り返った。

「何、あいつ。まさか、部活に目覚めちゃったとか？」

これまでの不真面目な態度しか知らない本橋からしたら、昼練に自主的に臨む和史の姿は晴天の霹《へき》靂《れき》に等しかったろう。

「実は、鶴のひと声があってね」

昨日の昼休みの一件を明かすなり、本橋は肩を震わせて笑いはじめた。

「か、寛って偉大……っ」

「ホントにねぇ」

たった一言であの物ぐさな男に火をつけておきながら本人はまったくの無自覚なのだから、いつもながら仁射那の天然ぶりには感服してしまう。もちろん和史が単純すぎるのもあるが、仁射那以外の誰がどんなに言葉を尽くしたところで動かせる男じゃないのもわかっているので、本橋の言うとおり仁射那の存在は偉大だと言わざるを得ない。

「すげえ。あの和史を変えたかぁ」

感慨深げに頷く本橋を尻目に、歩は再び空を見上げた。

(俺も例外じゃないけど)

その実感に、気づけば口元が緩んでしまう。

嫉妬に独占欲、それゆえの猜疑に自己嫌悪——気の滅入るようなループ。

仁射那に出会い惹かれるまで知らなかったそれらの感情は、どれも苦く、そして痛かった。同時に、これまでの自分がいかに無為に日々を食い潰していたか、思い知らされるほど鮮烈でもあった。

でもそんな痛みと引き換えに得たのは、途方もない愛しさと、甘く仄暗《ほのぐら》い愉悦だった。

(こんな気持ちを知らなかったなんて、ね)

ずいぶん人生を損していたのではないかと思う。

仁射那を見ているとひしひしと感じる、あのおかしな庇護欲と嗜虐心。そのいずれも恋かと問われれば疑問を感じないではないが、恋愛なんてどれが正解と答えがあるわけでもない。

同じように、三人での関係がはたしていつまで続くのかも、仁射那の気持ちが変わらない保証もどこにもないけれど、いつだって大事なのは——。

「いまだからね」

風に紛れるほど小さな呟きを零してから、目を瞑る。

予測不能な天然と、親友でもあり自分にはいまだ制御不能な野獣とすごす夏休み――。考えるだにスリリングで、心躍る日々ではないか。

初夏の風に前髪をそよがせながら、歩は愉悦の予感に胸を震わせた。

あとがき

こんにちは、桐嶋《きりしま》リッカと申します。

はじめましてな方もお久しぶりな方も、本書をお手に取ってくださり、ありがとうございます。今作は、雑誌掲載作に続編を加えての一冊となりました。雑誌で読んでくださった方も、その後の三人の様子を併せてお楽しみいただければ幸いです。


三人ものを初めてちゃんと書いたのが、表題の『恋愛独占法』だったのですが、当時とても楽しく書けたのをよく覚えています。仁射那《にいな》の天然ぶりに、歩《あゆむ》や和史《かずし》と一緒になって心中で突っ込みつつの執筆でしたけども——あの天然がいてこそ成り立った「三角《トライアングル》」模様を少しでも楽しんでいただければ嬉しいです。

もし続編を書く機会がいただけたら、歩と和史の第二ラウンドを描くことになるのかなと思っていたのですが、いざ蓋を開けてみたら仁射那の天然ぶり第二ラウンドだった、というのが『禁欲のススメ』だったのですが、相変わらずの天然とそれに振り回される二人の様子はいかがだったでしょうか。——個人的には、どちらの話でも活躍していた本橋《もとはし》がお気に入りだったりします。

こうして一冊の本に仕上がるまで、各所で携わってくださったすべての方々にこの場を借りて御礼申し上げます。今後ともどうぞ、よろしくお願い致します。

雑誌掲載時に続き、イラストを引き受けてくださいました元《もと》ハルヒラさまにも、心からの感謝を捧げます。三人のビジュアルがあまりに理想的で、特にあの仁射那なら私も飼いたいと真面目に思いました。お忙しい中、本当にありがとうございました！

毎度ながら、迷走しがちな私をつねに明るい方へと導いてくださる担当さまには、もはや、どれだけ感謝の言葉を重ねても足りないほどですね。いつもありがとうございます。ご恩返しに努めたいと思いますので、今後ともよろしくお願い致します。

それから原稿中の私を誰より近くで支えてくれる猫と家族、各方面から叱咤激励をくれる友人たち、いつも本当にありがとう。そして何よりも本作を読んでくださった皆さまに、衷心よりの愛と感謝を捧げます。ありがとうございました。

それではまた、お目にかかれることを祈って――。

桐嶋リッカ

【HAKKA 1/2】 http://hakka.lomo.jp/812/

初出
恋愛独占法 ―――――――――――― 2010年 小説リンクス4月号を加筆修正
禁欲のススメ ―――――――――――― 書き下ろし

この本を読んでの
ご意見・ご感想を
お寄せ下さい。

〒151-0051
東京都渋谷区千駄ヶ谷4-9-7
(株)幻冬舎コミックス　小説リンクス編集部
「桐嶋《きりしま》リッカ先生」係／「元《もと》ハルヒラ先生」係

リンクス ロマンス

恋愛独占法

2012年7月31日　第1刷発行

著者……………桐嶋《きりしま》リッカ
発行人…………伊藤嘉彦
発行元…………株式会社　幻冬舎コミックス
〒151-0051　東京都渋谷区千駄ヶ谷4-9-7
TEL 03-5411-6434（編集）
発売元…………株式会社　幻冬舎
〒151-0051　東京都渋谷区千駄ヶ谷4-9-7
TEL 03-5411-6222（営業）
振替00120-8-767643
印刷・製本所…共同印刷株式会社
検印廃止

ISBN978-4-344-82565-9 C0293
Printed in Japan

幻冬舎コミックスホームページ　http://www.gentosha-comics.net